U0642028

相见欢

丁立梅散文精选集

丁立梅 著

东方出版社

你有你的路要走，
我有我的路要走，
感谢相遇的刹那，
你的温暖，
陪我走过孤独。

相
见
欢

相
见
欢

🌿 小 扇 轻 摇 的 时 光

红木梳妆台

仙人掌不哭泣

相见欢

月亮升起来，

盈盈如水。

恍惚间，

月下有小女孩，

手执小扇，

追着扑流萤。

相见欢

小扇轻摇的时光

如果可以这样爱你

　　母亲坐在黄昏的阳台上。母亲的身影没在一层夕照的金粉里。母亲在给我折叠晾干的衣裳。她是来我这里看病的，看手。她那双操劳一生的手，因患类风湿性关节炎，现已严重变形。

　　我站在她的身后看她，我听到她间或地叹一口气。母亲在叹什么呢？我不得而知。待她发现我在她身后，她的脸上，立即现出谦卑的笑："梅啊，我有没有耽搁你做事？"

　　自从来城里，母亲一直表现得惶恐不安，觉得她给我添麻烦了，处处小心着，生怕碰坏了什么，对我家里的一切，她都心存了敬意，轻拿轻放，能不碰的，尽量不碰。我屡次跟她说："没关系的，这是你女儿家，你想做什么就做什么。"母亲只是羞怯地笑笑。

那日，母亲帮我收拾房间，无意中碰翻一只水晶花瓶。我回家，母亲正对着一堆碎片默默垂泪，她自责地说："我老得不中用了，连帮你打扫一下房间的事都做不好。"我扫去那堆碎片，我说没事的没事的。我想起多年前，我还是个小姑娘时，因调皮捣蛋，打碎家里唯一值钱的东西——一只暖水瓶，我并不知害怕，告诉母亲，那是风吹倒的。母亲自然知道我是在撒谎，却不戳穿，她把我上上下下检查了一遍，看我没伤着，这才长舒一口气说，风真该打。现在，我真的想母亲这样告诉我，啊，是风吹倒的。那么，我就会搂住她说，风真该打。母亲却没有，尽管我一再安慰她，这花瓶不值钱的，改天我去抱十只八只回来。母亲还是为此自责了好些天。

送母亲去医院，排队等着看专家门诊。母亲显得很不安，不时问我一句："你要不要去上班？"我告诉她，我请了假。母亲愈发不安了，说："你这么忙，我哪能耽搁你？"我轻轻拥了母亲，我说："没关系的。"母亲并不因此得到安慰，还是很不安，仿佛欠着我什么。

轮到给母亲看病了，母亲反复问医生的一句话是，她的手会不会废掉。医生严肃地说："说不准啊。"母亲就有些凄凄然，她望着她的那双手，喃喃语："这怎么好呢怎么好呢？"出了医院门，母亲不住地叹气："梅啊，妈妈的手废了，怕是以后不能再给你种瓜吃了。"声音戚戚的。我从小就喜欢吃地里长的瓜啊果的，母亲每年都会给我种许多。我哽咽无语。我真想母亲伸出手来，这样对我说："啊，妈妈病了，梅给我买好吃的吧。"我小时病了，就是这样伸着手对着母亲的："妈妈，梅病了，梅要吃好吃的。"母亲就想尽办法给我做好吃的。有一次，我大病，高烧几天后醒来，母亲卖掉她珍爱的银耳环，给我买我想吃的鸭梨。

带母亲上街，给母亲买这个，母亲摇摇头，说不要。给母亲买那个，母亲又摇摇头，说不要。母亲是怕我花钱。我硬是给她买了一套衣服，母亲宝贝似的捧着，不住地摩挲，感激地问："要很多钱吧？"我说不值多少钱的，但母亲还是很感激。我想起小时，我看中什么，闹着要母亲给我买，从不曾考虑过母亲是否有钱，我要得那么心安理得。母亲现在却把我的点滴给予，都当作是恩赐。

　　街边一家商场在搞促销，搭了台子又唱又跳的，我站着看了会，一回头，不见了母亲。我慌了，大字不识一个的母亲，如果离开我，她将怎样的惶恐？我四下里寻找，不住地叫着妈，最后看见母亲站在路边的一棵梧桐树下，正东张西望着。看见我，她一脸羞愧，嗫嚅着说："妈眼神不好，怎么就找不到你了，你不会怪妈妈吧？"我本想责备她的话，咽了下去。突然有泪想落，多年前的场景，一下子晃到眼前来：那时，我不过四五岁，跟母亲上街，因为贪玩，跑丢了。母亲一头大汗找到我，我扑到她的怀里委屈得大哭。母亲搂着我，不住嘴地说："是妈不好，是妈不好。"脸上有着深深的懊恼。而现在，我的母亲，当我把她"丢"了后，她没有一丁点委屈，有的，依然是自责。

　　我上前牵了母亲的手，像多年前，她牵着我的手一样，我不会再松开母亲的手。大街如潮的人群里，我们只是一对寻常的母女。如果可以这样爱你，妈妈，让我做一回母亲，你做女儿，让我的付出天经地义，而你，可以坦然地接受。

佳句

精选

◇◇ 母亲坐在黄昏的阳台上。母亲的身影没在一层夕
照的金粉里。

◇◇ 我想起小时，我看中什么，闹着要母亲给我买，
从不曾考虑过母亲是否有钱，我要得那么心安
理得。母亲现在却把我的点滴给予，都当作是
恩赐。

◇◇ 如果可以这样爱你，妈妈，让我做一回母亲，你
做女儿，让我的付出天经地义，而你，可以坦然
地接受。

爱，踩着云朵来

　　父亲说，你妈现在不中用了，在家门口都迷路。母亲小声争辩，是夜里黑，看不见嘛。

　　母亲去亲戚家做客，当夜搭了顺路车回来，车子停在离家半里路的河对岸，过了新修的桥，就到家了。可她却找不着回家的路，稀里糊涂踏上了相反的路，越走离家越远，幸好遇到晚归的同村人，把她送回家。

　　母亲老了，这是不争的事实，她再也没有从前的利索和能干了。我看着母亲，百感交集，想起了多年前与她相关的一件事，我一直觉得它是奇迹。

那年，我在外地上大学，第一次离家上百里，想家想得
厉害，便写了一封家书。字里行间满是孤寂，如跋涉在沙漠
里的人。母亲不识字，让父亲念给她听，听完，她竟一刻也
坐不住了，决定坐车去学校看我。

母亲是从未出过远门的，大半辈子只圈在她那一亩三分
地里。可她决心已下，任谁也阻拦不了。她去地里拔了我爱
吃的萝卜，烙了我爱吃的糯米饼，用雪菜烧了小鱼……临
了，母亲又去和邻居大婶借了做客的衣——一件鲜艳的碎花
绿外套。母亲考虑得周到，她不想让在大学里念书的女儿
丢脸。

左挎右揣的，母亲上路了，那时去我的学校，需要在中
途转两次车。到了终点站还要走十来里路。我入学报到时，
是父亲一路陪着的，上车下车，穿街过巷，直转得我头晕，
根本分不清东南西北，记不住路。

然而我大字不识一个的母亲，却准确无误地摸到我的学
校。我清楚地记得，那是秋末的一天，黄昏降临了。风起，
校园里的梧桐树，飘下片片金黄的叶。最后一批菊们，在秋
风里，掏出最后一把热情，黄的脸蛋红的脸蛋，笑得满是皱
褶。我在教室里看完书，正要收拾东西回宿舍，一扭头，竟

看见母亲站在窗外，冲着我笑。我以为是眼花了，揉揉眼，千真万确是母亲啊！她穿着鲜艳的碎花绿外套，头上扎着的方格子三角巾，被风撩起。黄昏的余晖，在母亲身上镀一层橘粉，她像是踩着云朵而来。

那日，我们的宿舍，过节一般。女生们个个都有口福了，她们咬着母亲带来的大萝卜，吃着小鱼，还有糯米饼，不住地说，阿姨，好吃，太好吃了。而母亲，不大听得懂她们说的话，只是那么拘谨地坐着，拘谨地笑着。那会儿，一定有风吹过一片庄稼地，母亲淳朴安然得犹如一棵庄稼。

一路之上，母亲是如何上车下车，又是如何七弯八拐到达我们学校的。后来，她又是如何在偌大的校园里，在那么多的教室中，一眼找到了我的，这成了一个谜。

我曾问过母亲，她始终笑，不答。现在我想，这些问题根本无需答案，因为她是母亲，所以她的爱能踩着云朵而来。

佳句

精选

◇◇ 风起，校园里的梧桐树，飘下片片金黄的叶。最
后一批菊们，在秋风里，掏出最后一把热情，黄
的脸蛋红的脸蛋，笑得满是皱褶。

◇◇ 黄昏的余晖，在母亲身上镀一层橘粉，她像是踩
着云朵而来。

◇◇ 那会儿，一定有风吹过一片庄稼地，母亲淳朴安
然得犹如一棵庄稼。

◇◇ 因为她是母亲，所以她的爱能踩着云朵而来。

爱到无力

母亲踅进厨房有好大一会儿了。

我们兄妹几个坐在屋前晒太阳，等着开午饭，一边闲闲地说着话。这是每年的惯例，春节期间，兄妹几个约好了日子，从各自的小家出发，回到母亲身边来拜年。母亲总是高兴地给我们忙这忙那。这个喜欢吃蔬菜，那个喜欢吃鱼，这个爱吃糯米糕，那个好辣，母亲都记着。端上来的菜，投了人人的喜好。临了，母亲还给离家最远的我，备上好多好吃的带上。这个袋子里装青菜菠菜，那个袋子里装年糕肉丸子。姐姐戏称我每次回家，都是鬼子进村，大扫荡了。的确有点像。母亲恨不得把她自己，也塞到袋子里，让我带回城，好事无巨细地把我照顾好。

这次回家，母亲也是高兴的，围在我们身边转半天，看着这个笑，看着那个笑。我们的孩子，一齐叫她外婆，她不知怎么应答才好。摸摸这个的手，抚抚那个的脸。这是多么灿烂热闹的场景啊，它把一切的困厄苦痛，全都掩藏得不见影踪。母亲的笑，便一直挂在脸上，像窗花贴在窗上。母亲突然想起什么似的说："我要到地里挑青菜了。"却因找一把小锹，屋里屋外乱转了一通，最后在窗台边找到它。姐姐说："妈老了。"

妈真的老了吗？我们顺着姐姐的目光，一齐看过去。母亲在阳光下发愣："我要做什么的？哦，挑青菜呢。"母亲自言自语。背影看起来，真小啊，小得像一枚皱褶的核桃。

厨房里，动静不像往年大，有些静悄悄。母亲在切芋头，切几刀，停一下，仿佛被什么绊住了思绪。她抬头愣愣看着一处，复又低头切起来。我跳进厨房要帮忙，母亲慌了，拦住，连连说，快出去，别弄脏你的衣裳。我看看身上，银色外套，银色毛领子，的确是不禁脏的。

我继续坐到屋前晒太阳。阳光无限好，仿佛还是昔时的模样,温暖,无忧。却又不同了,因为我们都不是昔时的那一个了,一些现实无法回避:祖父卧床不起已好些时日,大小便失禁,床前照料之人,只有母亲。大冬天里,母亲双手浸在冰冷的河水里,给祖父洗弄脏的被褥。姐姐的孩子,好好的突然患了眼疾,视力急剧下降,去医院检查,竟是严重的青光眼。母亲愁得夜不成眠,逢人便问,孩子没了眼睛咋办呢?都快问成祥林嫂了。弟弟婚姻破裂,一个人形单影只地晃来晃去,母亲当着人面落泪不止,她不知道拿她这个儿子怎么办。母亲自己,也是多病多难的,贫血,多眩晕。手有严重的风湿性关节炎,疼痛,指头已伸不直了。家里家外,却少不了她那双手的操劳。

我再进厨房,钟已敲过十二点了。太阳当头照,我的孩子嚷饿,我去看饭熟了没。母亲竟还在切芋头,旁边的篮子里,晾着洗好的青菜。锅灶却是冷的。母亲昔日的利落,已消失殆尽。看到我,她恍然惊醒过来,异常歉意地说:"乖乖,饿了吧?饭就快好了。"这一说,差点把我的泪说出来。我说:"妈,还是我来吧。"我麻利地清洗锅盆,炒菜烧汤煮饭,母亲在一边看着,没再阻拦。

回城的时候,我第一次没大包小包地往回带东西,连一片菜叶子也没带。母亲内疚得无以复加，她的脸，贴着我的车窗，反反复复地说："乖乖，让你空着手啊，让你空着手啊。"我背过脸去，我说："妈，城里什么都有的。"我怕我的泪，会抑制不住掉下来。以前我总以为，青山青，绿水长，我的母亲，永远是母亲，永远有着饱满的爱，供我们吮吸。而事实上，不是这样的，母亲犹如一棵老了的树，在不知不觉中，它掉叶了，它光秃秃了，连轻如羽毛的阳光，它也扛不住了。

　　我的母亲，终于爱到无力。

佳句
__ 精选 __

◇◇ 母亲的笑，便一直挂在脸上，像窗花贴在窗上。

◇◇ 背影看起来，真小啊，小得像一枚皱褶的核桃。

◇◇ 以前我总以为，青山青，绿水长，我的母亲，永
远是母亲，永远有着饱满的爱，供我们吮吸。而
事实上，不是这样的，母亲犹如一棵老了的树，
在不知不觉中，它掉叶了，它光秃秃了，连轻如
羽毛的阳光，它也扛不住了。

她已 | 走过了 | 花木葱茏

母亲突然变得胆小了。

比方说，天一黑，她就不敢到屋外去。哪怕是在自家家门口，也只是从这间屋子，走到另一间屋子去。而从前，她常常是独自一人，顶着星星，在地里拾棉花，有时能拾上大半夜，浑身落满露珠的清凉。

再比方说，睡觉时她不敢面朝着窗户。窗帘挡得再严实，她也不敢。而从前，破房子里，处处漏风，她挡在外面，像棵大树似的，替我们抵御风寒。

再再比方说，在她住了一辈子的村庄里，她也会迷路，再不敢擅自外出。而从前，弟弟远在南京上学，从未出过远门的她，挎着一大包她做的糯米饼，一个人摸过去，几经辗转，准确无误地抵达弟弟学校门口。

母亲好像在一夕老下去，她怯弱得近乎懦弱了。她走路小心翼翼。说话小心翼翼。连微笑，都是小心翼翼的。哪里的一声声响，都会惊吓到她。谁的声音稍稍抬高一些，她也会害怕。而从前，她脚下生风，嗓门比谁的都高。和隔壁邻居吵架，她能吵上大半天，硬是把那个五大三粗的邻居，骂得缩回屋子去。

她患了小感冒，头晕目眩，吃不下饭，便以为活不成了，让父亲十万火急招我们兄妹回家。她一脸戚容，躺在病床上，对着我们哭，哭得凄惶极了，雨打风摧般的，仿佛生离死别。而从前，她发着高烧，也还能挑着百十斤的担子，在田埂道上健步如飞。割水稻时，没留心，一刀下去，差点剜下她腿上一大块的肉，血流如注。她也只是皱皱眉头，一滴泪也没有掉。

带她进城对身体做全面检查。她亦步亦趋跟着我，碎碎念，乖乖呀，给你添麻烦了，给你添麻烦了。检查的片子很快出来了，母亲很紧张，她蜷缩在我身后，可怜巴巴地瞅着医生。医生拿着她新拍的片子，上看看，下看看，然后慢条斯理说，老人家，你只是感冒了，有点小炎症。你身体好着呢，没啥别的毛病。

母亲不相信地看着医生。医生说，我给你开点消炎药，你吃吃就好了。母亲很乖地点头，使劲点头，她脸上的笑容，像迎春花触着春风，一点一点张开来。她高兴地对我说，医生说我没病呢。

留母亲在我家小住。母亲起初不肯，她放心不下家里的四只羊、两只鸡、一条狗，还有我父亲。你爸一个人在家呢，母亲说。像把一个小小孩丢在家里，她愧疚得很。我和那人有事要出门去，母亲赶紧跟过来，抢着开门。我说你这是干吗呢？母亲语气坚定地说，我要跟你们出去。我觉得好笑，我说，我们一会儿就回来的。母亲却很固执，一定要跟着。拗不过她，只好带上她。在路上，母亲终于说出她的心声，一个人在你们家，我怕。我万分惊讶。我说大白天的，你怕什么呢？何况这是我家啊。母亲不好意思地笑了，小声嘟哝，我也不知道，我就是怕。

母亲的爱好不多，她不爱看电视，不爱听音乐，又不识字，书报也看不懂。她只能干坐在我的阳台上晒太阳，一边望楼下经过的车，一辆一辆地数。我怕她闷得慌，抽空陪她聊天，聊聊村子里新近发生的事，聊聊从前。母亲显得很欢喜，话也多起来，是鱼儿终归大海的样子。说到兴头上，却突然止了，很担心地问我，我没耽误你的时间吧？

夜晚，城里的灯火才刚刚盛开，母亲就说要睡了。我安顿她睡下，给她塞好被子。她不放心地探出头来问，你不会再出去吧？我答，不出去的，我就守在这里。母亲满意地躺下，笑笑的，笑着笑着，就睡熟了。灯光洒在母亲脸上，像洒下一层橘子粉，母亲那张皱纹密布的脸，看上去又天真又纯净。

我轻轻关了灯，想着，等天亮了，就带她去吃她喜欢吃的自助餐，想吃多少就吃多少。在岁月的年轮中，母亲早已走过她的花木葱茏，回到生命的最初。从现在起，我要把她当孩子来宠。

佳句
精选

◇◇ 母亲好像在一夕老下去，她怯弱得近乎懦弱了。
她走路小心翼翼。说话小心翼翼。连微笑，都是
小心翼翼的。

◇◇ 灯光洒在母亲脸上，像洒下一层橘子粉，母亲那
张皱纹密布的脸，看上去又天真又纯净。

◇◇ 在岁月的年轮中，母亲早已走过她的花木葱茏，
回到生命的最初。从现在起，我要把她当孩子
来宠。

小扇轻摇的时光

　　暑假了，母亲一直盼望我能回乡下住几天。她知道我打小就喜欢吃些瓜呀果的，所以每年都少不了要在地里种一些。待得我放暑假的时候，那些瓜呀果的正当时，一个个碧润可爱，专等我回家吃。

　　天气热，我赖在有空调的房间里怕出来，故回家的行程被一拖再拖。眼看着假期已过一半了，我还没有回家的意思。母亲首先沉不住气了，打来电话说："你再不回来，那些瓜都要熟得烂掉了。"

　　再没有赖下去的理由了。遂带了儿子，冒着大太阳，坐了几个小时的车，回到了生我养我的小村庄。

　　村庄的人都是看着我长大的，看见我了，亲切得如自家的孩子。远远地就笑着递过话来："梅又回来看妈妈啦？"我笑着应："是呢。"走远了，听到他们在背后议论："这孩子孝顺，一点不忘本。"心里面霎时涌满羞愧，我其实什么也没做啊，只偶尔把自己送回来给想念我的母亲看一看，竟被村人们夸成孝顺了。

　　母亲知道我回来，早早地把瓜摘下来，放在井水里面凉着。是我最喜欢吃的梨瓜和香瓜。又把家里唯一的一台大电风扇，搬到我儿子身边，给我儿子吹。

　　我很贪婪地捧了瓜就啃，母亲在一边心满意足地看，说："田里面结得多呢，你多待些日子，保证你天天有瓜吃。"我笑笑，有些口是心非地说："好。"儿子却在一旁大叫起来："不行不行，外婆，你家太热了。"

　　母亲惊诧地问："有大电风扇吹着还热？"

　　儿子不屑了，说："大电风扇算什么？我家还有空调呢，你看你家连卫生间也没有呢。"

　　我立即用严厉的眼神制止了儿子，对母亲笑："妈你别听他的，有电风扇吹着不热的。"

母亲没再说什么，一头没进厨房间，去给我们忙好吃的了。

晚饭后，母亲把那台大电风扇搬到我房内，有些内疚地说："让你们热着了，明天你就带孩子回去吧，别让孩子在这儿热坏了。"

我笑笑，执意要坐到外面纳凉。母亲先是一愣，继而惊喜不已，忙不迭搬了躺椅到外面。我仰面躺下，对着天空，手上执一把母亲递来的蒲扇，慢慢摇。虫鸣在四周此起彼伏地响起，南瓜花在夜色里静静开放。月亮升起来，盈盈如水。恍惚间，月下有小女孩，手执小扇，追着扑流萤。

和母亲有一句没一句地说着话，重重复复的，都是些走过的旧时光。母亲在那些旧时光里沉醉。月色潋滟，我的心放松成水中一根柔软的水草，迷糊着就要睡过去了。母亲的声音突然在耳边响起："冬英你还记得不？就是那个跟男人打赌，一顿吃二十个包子的冬英？"

"当然记得，那个粗眉毛大眼睛的女人，干起活来，大男人也及不上她。"

"她死了。"母亲语调忧伤地说："早上还好好的呢，还吃两大碗粥呢。准备到田里面锄草的，还没走到田里呢，突然倒下，就没气了。"

"人啊。"母亲叹一声。

"人啊。"我也跟着叹一声。心里面突然警醒，这样小扇轻摇，与母亲相守的时光，一生中还能有几回呢？暗地里打算好了，明日，是决计不回去的了，我要在这儿多住几日，好好握住这小扇轻摇的时光。

佳句
精选

◇◇ 月亮升起来，盈盈如水。恍惚间，月下有小女孩，手执小扇，追着扑流萤。

◇◇ 月色潋滟，我的心放松成水中一根柔软的水草，迷糊着就要睡过去了。

◇◇ 这样小扇轻摇，与母亲相守的时光，一生中还能有几回呢？暗地里打算好了，明日，是决计不回去的了，我要在这儿多住几日，好好握住这小扇轻摇的时光。

比时光 | 更坚强

他出生的时候，亲人们还不曾来得及欢喜，就跌进了深不见底的冰窟窿中——他居然，是个脑瘫儿。前路遥遥，漆黑一片，不见一丝光亮。

痛得最锥心的，是他的母亲，那个叫陈立香的女人。十月怀胎，有过多少美好的想象啊！想象他的帅气与聪明，想象他的活泼与可爱，却从不曾想过，他会脑瘫。

无数的日夜，她对着他，泪流成河。他却无知无觉。两岁多了，还听不见声音，不会说话不会走路，眼睛斜视嘴巴歪着……

　　她抱他入怀，肌肤贴着肌肤，有种奇异的感觉，穿心而过。那是他传递给她的温度。即使他痴着傻着，他依然是她最疼的骨肉。

　　母爱在那刻长成参天的树。她为他，辞去工作，专门回家带他。她给他唱儿歌、背唐诗、讲故事……日子一天叠着一天，日月轮转，她在日月轮转里，早早地白了头。却有一个信念不倒，那就是，她宝贝的意识只是睡着了，她会唤醒他。

　　她真的唤醒了他。他开口说话了，虽然吐字不清，可在她听来，不啻天籁。后来，他又开始学走路了，一步一步，每一步的迈进里，都有她虔诚的欢呼和期待。到了上学年龄，她作出重大决定，要送他去上学。

　　所有人都觉得不可思议，他虽然可以说话可以走路了，但行动并不利索，与同龄孩子的伶俐相比，相去甚远。有人劝她："别折腾了吧，他现在勉强能说能走，已是最大造化，你还要怎的？"

　　她却坚定着自己的坚定，一定要让他读书识字，让他和其他正常孩子一样。费尽周折，她把他送进了学校。

　　从此，他一个人独自背着书包去上学。一路上，他摔过不知多少跟头，她就在后头跟着，却狠着心不去扶他，一任泪水在她脸上肆意流。

他手握不住笔，她想尽办法，用布条子，把笔缚在他手上。于是纸上留下一道一道歪歪扭扭的线条，那是他写的字。她看着笑了，在她眼里，那是盛开的花瓣……

一路千山万壑走下来，这一走，就是二十年。二十年的时间，足以磨平许多耐心。她却一直没有放弃，时时守在他身边，一点一点为他积攒，那束叫作希望的炭火。终于在他二十岁那年，那些炭火，化作熊熊大火燃烧——他考上大学了！

他进大学读书时，有记者得知他的经历，很感动，特地采访他。他激动得脸憋得通红，讷讷半天，在一张纸上深情地写道："感谢妈妈！"

她知道了，热泪长流。

二十年的含辛茹苦，这世上，除了母亲，谁还能做到这样的坚持？

佳句
__ **精选** __

◇◇ 她抱他入怀，肌肤贴着肌肤，有种奇异的感觉，
穿心而过。那是他传递给她的温度。即使他痴着
傻着，他依然是她最疼的骨肉。

◇◇ 一路千山万壑走下来，这一走，就是二十年。
二十年的时间，足以磨平许多耐心。她却一直没
有放弃，时时守在他身边，一点一点为他积攒，
那束叫作希望的炭火。

他在
岁月面前
认了输

　　他花两天的时间，终于在院门前的花坛里，给我搭出两排瓜架子。竖十格，横十格，匀称如巧妇缝的针脚。搭架子所需的竹竿，均是他从几百里外的乡下带来的。难以想象，扛着一捆竹竿的他，走在车水马龙的大街上是副什么模样。

　　他说："这下子可以种刀豆、黄瓜、丝瓜、扁豆了。"

　　"多得你吃不了的。"他两手叉腰，矮胖的身子，泡在一罐的夕阳里。仿佛那竹架上，已有果实累累。其时的夕阳，正穿过一扇透明的窗，落在院子里，小院子像极了一个敞口的罐子。

　　我不想打击他的积极性，不过巴掌大的一块地，能长出什么来呢？而且我，根本不稀罕吃那些了。我言不由衷地对他的"杰作"表示出欢喜，我说："哦，真不赖。"是因为我突然发现，他除了搭搭瓜架子外，实在不能再帮我做什么了。

　　他在我家沙发上坐，碰翻茶几上的一套紫砂壶。他进卫生间洗澡，水漫了一卫生间。我叮嘱他："帮我看着煤气灶上的汤锅啊，汤沸了帮我关掉。"他答应得相当爽快："好，好，你放心做事去吧，这点小事，我会做的。"然而，等我在电脑上敲完一篇稿子出来，发现汤锅的汤，已溢得满煤气灶都是，他正手忙脚乱地拿了抹布擦。

　　我们聊天。他的话变得特别少，只顾盯着我傻笑，我无论说什么，他都点头。我说："爸，你也说点什么吧。"他低了头想，突然无头无脑说："你小时候，一到冬天，小脸就冻得像个红苹果。"想了一会儿又说："你妈现在开始嫌弃我喽，老骂我老糊涂，她让我去小店买盐，我到了那里，却忘了她让我买什么了。"

　　"呵呵，老啦，真的老啦。"他这样感叹，叹着叹着，就睡着了。身子歪在沙发上，半张着嘴，鼾声如雷。灯光下，他头上的发，腮旁的鬓发和下巴的胡茬，都白得刺目，似点点霜花落。

可分明就在昨日，他还是那么意气风发，把一把二胡拉得音符纷飞。他给村人们代写家信，文采斐然。最忙的是年脚下，村人们都夹了红纸来，央他写春联。小屋子里挤满人，笑语声在门里门外荡。大年初一，他背着手在全村转悠，家家门户上，都贴着他的杰作。他这儿看看，那儿瞅瞅，颇是自得。我上大学，他送我去，背着我的行李，大步流星走在前头。再大的城，他也能摸到路。那时，他的后背望上去，像一堵厚实的墙。

老下去，原不过是一瞬间的事。

我带他去商场购衣，帮他购一套，帮母亲购一套。

他拦在我前头抢着掏钱，"我来，我有钱的。"他"唰"一下，掏出一把来，全是五块十块的零票子。我把他的手挡回去，我说："这钱，留着你和妈买点好吃的，平时不要那么省。"他推让，极豪气地说："我们不省的，我和你妈还能忙得动两亩田，我们有钱的。"待看清衣服的标价，他吓得咋舌，"太贵了，我们不用穿这么好的。"

那两套衣，不过几百块。

我让他试衣。他大肚腩，驼背，衣服穿身上，怎么扯也扯不平整。他却欢喜得很，盯着镜子里的自己，连连说："太好看了，我穿这么好回去，怕你妈都不认得我了。"

他先出去的。我在后面叫："爸，不要跑丢了。"他嘴硬，对我摆摆手："放心，这点路，我还是认得的。"等我付了款，拿了衣出门，却发现他在商场门口转圈儿，他根本不辨方向了。

我上前牵了他的手，他不习惯地缩回。我也不习惯，这么多年了，我们都没牵过手。我再次牵他的手，我说："你看大街上这么多人，你要是被车碰伤了怎么办？你得跟着我走。"他"唔"一声，粗糙的手，惶惶地，终于在我的掌中落下来，脸上，露出迷惘的神情。我的眼睛，有些模糊，是夕阳晃花眼了吧？什么时候，他竟这样矮下去，矮下去，矮得我看他时，须低了头，他终于如一株耗尽生机的植物，匍匐到大地上。

佳句精选

◇◇ 其时的夕阳，正穿过一扇透明的窗，落在院子里，小院子像极了一个敞口的罐子。

◇◇ 我的眼睛，有些模糊，是夕阳晃花眼了吧？什么时候，他竟这样矮下去，矮下去，矮得我看他时，须低了头，他终于如一株耗尽生机的植物，匍匐到大地上。

远方
的
远

男人患了肝癌，晚期。行将就木。

守在一边的小女儿，六岁，对死亡懵懵懂懂。她害怕地问男人："爸爸，你要死了吗？"

男人伸手抚了抚小女儿的脸，笑着摇摇头："不，爸爸是要到很远很远的地方去。"

"很远很远的地方在哪儿？"女儿问。

男人于是让朋友把他和小女儿带到野外，那里，有一片原野，和低矮的山坡。春天了，草长莺飞，阳光的羽毛，轻轻飘落。一条长满小草和开满野花的小路，弯弯曲曲，伸向远方。一群又一群的小粉蝶，在花草间嬉戏。远方，天与山齐。男人指着远方告诉小女儿："那里，是远方的远，爸爸要到那儿去。爸爸的爸爸，也就是你爷爷，一个人在那儿寂寞了，想爸爸了，所以，爸爸决定去看他。等你长大了，爸爸想你了，你也会走这么远，去看爸爸的。"

"那我就坐飞机去。"小女儿说。想了想，她又说，"要不，我坐飞船去。飞船快吧爸爸？"

男人笑了，男人说："飞船很快很快。可是宝宝，你坐上飞船，你就看不到这些漂亮的小花了。还是慢慢走过去好，你一边走，还可以一边和蝴蝶们玩呀。"

小女儿觉得这个主意不错，她甚至想好，要做个大花环带给爸爸。"只是，你会认出我吗？"小女儿不放心地问。

男人说："到那时，我就问路过的风儿，你们见过我的小女儿吗？我就问路边的小花，你们见过我的小女儿吗？它们会问我，你小女儿长什么样儿呀。我就说，哦，我小女儿有大大的眼睛、小小的嘴，长得像个小公主。她戴着一个美丽的花环，她总是甜甜地笑着，笑起来可漂亮啦。于是风儿和小花都会争着告诉我，呀，我们见过的呀。它们会把我带到你身边，一指你，说，就是她呀。我就认出是你了。"

小女儿开心地笑了。

男人接着说："所以，爸爸走后，宝宝要快乐哦，要笑。不然，那些风儿，那些花儿，会不认得你。"

小女儿点头答应了，很认真地和男人勾了勾小指头。

不久，男人走了。小女儿很思念他，她在纸上画了一幅画：无边的原野，低矮的山坡，弯弯的小路。路边，开着一朵一朵小花，花瓣儿像极微笑的眼睛，一路笑向天边去了。小女儿不悲伤，她知道，那里，就是远方的远，是爸爸在的地方。有一天，他们会在那里相聚。到那时，她一定要告诉爸爸，她一直一直过得很快乐。

相见欢

**佳句
精选**

◇◇ 春天了，草长莺飞，阳光的羽毛，轻轻飘落。一条长满小草和开满野花的小路，弯弯曲曲，伸向远方。一群又一群的小粉蝶，在花草间嬉戏。远方，天与山齐。

◇◇ 无边的原野，低矮的山坡，弯弯的小路。路边，开着一朵一朵小花，花瓣儿像极微笑的眼睛，一路笑向天边去了。

爱如山路

十八弯

她一直比较倔强。倔强，是她用来对付父亲的。她的父亲，是个军人。军人的作风，让他脸上的威严总是多于温和。

小时，她曾试图用她的优秀瓦解父亲脸上的威严，她努力做着好孩子，礼貌懂事、勤奋好学。当她把一张一张的奖状，捧至父亲跟前时，她难掩内心的激动，脸上有飞扬的得意。然而父亲只是淡淡看一眼，说，还得继续努力。

如此的不在意，深深刺痛了她。她甚至怀疑自己不是父亲亲生的。她跑去问母亲，母亲笑了，摸着她的头说，怎么会呢？生你的时候，你爸一高兴，从不喝酒的人，喝掉半斤二锅头呢。

哪里肯信？回头看父亲，父亲不动声色在翻一份报，怎么看怎么不像一个爱她的人。

这以后，她总跟父亲对着干，惹得父亲对她频频发火。她不吭声，倔强地看着父亲。最终，是父亲先叹一口气，转身而去，步履蹒跚。母亲曾苦着脸劝，你们父女两个，是前世的冤家么？她想，或许是吧。

高中分文理科时，父亲建议她学文，那是她的特长。她偏偏选了学理。大学填报志愿时，父亲要她填报师范专业，照父亲的想法，女孩子做老师，是最理想的职业了，既稳妥又安全。她偏不，而是填了建筑专业。气得父亲干瞪眼。

大学毕业那年，她有心回到父母所在的城市工作。但看父亲的表情，好像没有要她留下的意思。她一气之下，跑到千山万水外去了。

一个人在外打拼，难。举目的陌生，更是让她多了几层寒冷。好在不久后她遇到好人，在公司看大门的张伯，亲人般地，对她和颜悦色、关怀备至。下雨天张伯会给她送伞。天冷了张伯送她一双棉手套。家里做了什么好吃的，张伯会用半旧的饭盒装着，给她带了来。她好奇地问张伯，您怎么对我这么好？张伯笑笑说，你像我女儿啊，我也有个你这么大的女儿，在外地呢。那一刻，她想到父亲，心突然疼疼地跳了跳。

母亲不时会给她寄些东西来，吃的穿的用的，都有。父亲却不曾有只言片语来。她由此更坚定了，父亲，是不爱她的。她对自己说，不要去想他。

那日，张伯过生日，喊她去他家吃饭。在张伯家，她受到张伯老两口热情的款待。她陪他们一起包饺子，热热乎乎像一家人。吃饭时，张伯一高兴，多喝了二两酒。喝多了的张伯，大着舌头对她说，丫头，你有一个好爸爸啊，他左一个电话、右一个电话来，拜托我要好好照顾你，说你性格犟，怕你吃亏哪。什么时候他来看你了，我一定要和他喝两盅。

她的吃惊无以复加。她问张伯，您怎么认识我爸的？张伯摇摇头呵呵乐了，说，我其实，不认识你爸，我们只是电话联系了。原来，张伯是父亲战友的朋友的朋友。父亲托了战友，跟战友的朋友联系上，战友的朋友再跟张伯联系上。山路十八弯，通向的，是一个叫爱的地方。

相见欢

◇◇ 她一直比较倔强。倔强，是她用来对付父亲的。

◇◇ 山路十八弯，通向的，是一个叫爱的地方。

吊在井桶里的苹果

有一句话讲，女儿是父亲前世的情人。说的是做女儿的，特别亲父亲。而做父亲的，特别疼女儿。那讲的应该是女儿家小时候的事。

我小时候，也亲父亲。不但亲，还瞎崇拜，把父亲当作举世无双的英雄一样崇拜着。那个时候的口头禅是，我爸怎样怎样。因拥有了那个爸，仿佛就拥有了全世界。

母亲还曾嫉妒过我对父亲的那种亲。有一件事我印象深刻，那天，下雨，一家人坐着。父亲在修整二胡，母亲在纳鞋底，一家人闲闲地说着话，就聊到我长大后的事。母亲问，你以后长大了、有钱了，买好东西给谁吃？我几乎不假思索脱口而出，给爸吃。母亲又问，那妈妈呢？我指着在一旁玩耍的小弟弟对母亲说，让弟弟给你买去。哪知小弟弟是跟着我走的，也嚷着说要买给父亲吃。母亲的脸就挂不住了，叨叨地说些气话，继而竟抹起泪来，说白养了我这个女儿。父亲在一边讪讪笑，说小孩子懂个啥。语气里，却透着说不出的得意。

待得我真的长大了，却与父亲疏远了去。每次回家，跟母亲有唠不完的家长里短，一些私密的话，也只愿跟母亲说。跟父亲，三言两语就冷了场。他不善于表达，我亦不耐烦去问，有什么事情，问问母亲就可以了。

也有礼物带回，却少有父亲的。都是买给母亲的，好看的衣裳、鞋袜和首饰。感觉上，父亲是不要装扮的，成天一身灰色或白色的衬衫，蓝色的裤子。偶尔有那么一次，我的学校里开运动会，每个老师发一件白色T恤。因我极少穿T恤，就挑一件男款的，本想给家里那个人穿的，但那个人嫌大，也不喜欢那质地。回老家时，我就顺手把它塞进包里面，带给父亲。

我永远忘不了父亲接衣时的惊喜，那是猝然间遭遇的意外，他脸上先是惊愕，继而拿衣的手开始颤抖，不知怎样摆弄了才好。呵呵呵傻乐半天，才平静下来，问，怎么想到给爸买衣裳的？

原来父亲一直是落寞的啊，我却忽略他太久太久。

这之后，父亲的话明显多起来。他乐呵呵的，穿着我带给他的那件T恤，在村子乱晃，给这个看，给那个看。他也三天两头打了电话给我，闲闲地说些话，在要挂电话前，好像是漫不经意地说上这么一句，你有空的话，就回家看看啊。我也就漫不经意地应上一句，好啊。却未曾真的实施过。

暑假快到了，我又接到父亲的电话，父亲在电话里很兴奋地说，家里的苹果树结很多苹果了，你最喜欢吃苹果的，回家吃吧，保你吃个够。我当时正接了一批杂志约稿在手上写，心不在焉地回他，好啊，有空我会回去的。父亲"哦"一声，兴奋的语调立即低了下去，父亲说，那，你记得早点回来啊。我"嗯啊"地答应着，把电话挂了。

一晃半个月过去了，我完全忘了答应父亲回家的事。深夜，姐姐突然有电话至，闲聊两句，姐姐忽然问，爸说你回家的，你怎么一直没回来？我问，家里有什么事吗？姐姐说，也没什么事，就是爸一直在等你回家吃苹果的。

我在电话里就笑了，我说爸也真是的，街上不是有苹果卖吗？一箱苹果也不过几十块。姐姐说，那不一样，爸特地挑了几十个大苹果，留给你，怕坏掉，就用井桶吊着，天天放井里面给凉着呢。

心被什么猛地撞击了一把，我只重复地说，爸也真是的，爸也真是的。就再也说不出其他的话来。井桶里吊着的何止是苹果？那是一个老父亲对女儿沉甸甸的爱啊。

**佳句
精选**

◇◇ 女儿是父亲前世的情人。

◇◇ 原来父亲一直是落寞的啊，我却忽略他太久太久。

◇◇ 井桶里吊着的何止是苹果？那是一个老父亲对女儿沉甸甸的爱啊。

父亲的理想

母亲夜里做了一个梦，一个很不好的梦，是事关我的。

半夜里被吓醒，母亲坐床上再也睡不着。第二天天一亮，就催促父亲进城来看我。

父亲辗转坐车过来，我已上班去了，家里自然没人。父亲就围着我的房子前后左右地转，又伸手推推我锁好的大门，没发现异样，心稍稍安定。

我回家时，已是午饭时分。远远就望见父亲，站在我院门前的台阶上，顶着一头灰白的发，朝着我回家的方向眺望。脚跟边，立一鼓鼓的蛇皮袋。不用打开，我就知道，那里面装的是什么。那是母亲在地里种的菜蔬，青菜啊大蒜啊萝卜啊，都是我爱吃的。一年四季，这些菜蔬，总会源源不断地输送到我的家里来。

父亲见到我，把我上下打量了好几遍后，这才长长地舒口气说："没事就好，没事就好。"又絮叨地告诉我，母亲夜里做怎样的梦了，又是怎样地被吓醒。"你妈一夜未睡，就担心你出事。"父亲说。我仔细看父亲，发现他眼里有红丝缠绕，想来父亲一定也一夜未眠。

我埋怨父亲："我能有什么事呢，你们在家净瞎想。"父亲搓着手"呵呵"笑，说："没事就好，没事就好。"他解开蛇皮袋袋口的扎绳，双手提起倾倒，菜蔬们立即欢快地在地板上蹦跳。青菜绿得饱满，萝卜水灵白胖。

我抓了一只白萝卜，在水龙头下冲了冲，张口就咬。父亲乐了，说："我和你妈就知道你喜欢吃。"看我的眼神，又满足又幸福。

饭后，我赶写一篇稿子，父亲坐我边上，戴了老花眼镜，翻我桌上的报刊。他翻看得极慢，手点在上面，一个字一个字地看，像寻宝似的。我笑他，"爸，照你这翻看速度，一天也看不了一页呀。"父亲笑着低声嘟囔："我在找你写的。"

我一愣，眼中一热。转身到书橱里，捧了一叠我发表的文章给父亲看。父亲惊喜万分地问："这都是你写的？"我说："是啊。"父亲的眼睛，乐得眯成了一条缝，连连说："好，好，我丁家出人才了。"他盯着印在报刊上我的名字，目不转睛地看，看得眼神迷离。他感慨地笑着道："还记得你拖着鼻涕的样子呢。"

旧时光一下子回转了来，那个时候，我还是绕着父亲膝盖撒欢的小丫头，而父亲，风华正茂，吹拉弹唱，无所不能，是村子里公认的"秀才"。那样的父亲，是怀了远大抱负的，他想过学表演，想过做教师，想过从医。但穷家里，有我们四个儿女的拖累，父亲的抱负，终是落空。

随口问一句："爸，你现在还有理想吗？"

父亲说："当然有啊。"

我充满好奇地问是什么。我以为父亲会说要砌新房子啥的。老屋已很破旧了，父亲一直想盖一幢新房子。

但父亲笑笑说："我的理想是，能和你妈平平安安地度过晚年，自己能养活自己，不给儿女们添一点儿负担，不要儿女们操一点点心。"

父亲说这些话时语气淡然，一双操劳一生的手，安静地搁在刊有我文章的一叠报刊上。青筋突兀，如老根盘结。

佳句
精选

◇◇ 远远就望见父亲，站在我院门前的台阶上，顶着一头灰白的发，朝着我回家的方向眺望。脚跟边，立一鼓鼓的蛇皮袋。

◇◇ 父亲说这些话时语气淡然，一双操劳一生的手，安静地搁在刊有我文章的一叠报刊上。青筋突兀，如老根盘结。

父亲的菜园子

父亲在电话里给我描绘他的菜园子：菠菜，大蒜，韭菜，萝卜，大白菜，芫荽，莴苣……里面什么都长了，你爱吃的瓜果蔬菜有的是，你就等着吃吧。

我的眼前，便浮现出这样的菜园子：里面的青翠缠绵成一片，深绿配浅绿，吸纳着阳光雨露。实在美好。

既而我又有些怀疑了，父亲虽是农民，但他使的是粗活，挑河挖地，他很在行。而种瓜果蔬菜，是精致活，像绣花一样的，得心细才行。这一些，几十年来，都是母亲做的，父亲根本不会。

　　我的疑虑还未说出口，父亲就在那头得意地说，种菜有什么难的？我一学就会了。我知道你喜欢吃这些呢，所以辟了很大的一个菜园子。

　　自从母亲的类风湿日益严重后，父亲学会了做很多事，譬如煮饭和洗衣。想到年近七十的老父亲，在锅台上笨拙的样子，我的眼睛，就忍不住发酸。父亲却呵呵乐，说，等你回来，我到菜园子里挑了菜，炒给你吃，保管你喜欢的。

　　父亲的菜园子，在父亲的描绘中，日益蓬勃起来。他说，青椒多得吃不掉了，扁豆结得到处都是，黄瓜又打了许多花苞苞，萝卜马上能吃了……我家的餐桌上，便常常新鲜蔬菜不断，碧绿澄清。有的是父亲亲自送来的，有的是父亲托人带来的。父亲说，市场上的蔬菜农药太多，你们少买了吃，还是吃家里带的好。

　　有时，父亲带来的蔬菜太多，我吃不掉，会分赠给左邻右舍。即便这样，父亲仍在电话里问，够不够吃？不够，我菜园子里多着呢。仿佛他那儿有一口装蔬菜的井，可以源源不断地喷出蔬菜来。

　　偶然得了机会，我回家转，第一件事，就是直奔父亲的菜园子。母亲坐在院门口笑，母亲说，你爸哪里有什么菜园子啊，学了大半年，他才学会种青菜。这人笨呢。

我疑惑，那，爸送我的那些蔬菜哪里来的?

母亲说，是你爸帮工帮来的。我不能种菜了，他又不会种，怕你没菜吃，他就去邻居家帮工，人家就送他一些现长的瓜果蔬菜。

怔住。回头，瞥见父亲正站在不远处，不好意思地冲我笑，他因他的"谎言"被揭穿而羞赧。嘴上却不肯服输，招手叫我过去，说，你别听你妈瞎说，我不止会种青菜的，我还学会了种芫荽。

他领我去屋后，那里，新辟了一块地，地里面，一些嫩绿的小芽儿，已冒出泥土来，正探头探脑着。父亲指着那些芽儿告诉我，这是青菜，那是芫荽。还种了一些豌豆呢。你看，长得多好。

这里，很快会成一片菜园子，你下次回家来看，肯定就不一样了，父亲说。他的手，很有气势地在空中划了一个半圆，脸上有骄傲，有向往，有疼爱。

我点头。我说到时记得给我送点青菜，还有芫荽，还有豌豆。我喜欢吃。

佳句
精选

◇◇ 仿佛他那儿有一口装蔬菜的井，可以源源不断地
喷出蔬菜来。

◇◇ 他的手，很有气势地在空中划了一个半圆，脸上
有骄傲，有向往，有疼爱。

和父亲合影

父亲在32岁上，照过一张小照。在上海城隍庙照的。二寸，黑白的。父亲当时是送姐姐去上海看腿的。6岁的姐姐，腿被滚水严重烫伤，整日整夜地哭。父亲的心被折磨得七零八落。在姐姐的腿伤稍稍好转了之后，从不迷信的父亲，竟跑去城隍庙，想给姐姐买一个护身符。

父亲最终在城隍庙买没买到护身符，我不得而知。但父亲却走进照相馆，拍了一张小照。

那时，对偏僻乡村的人来说，到照相馆照相还是件稀罕事。父亲的小照被带回来，村里人听闻，都聚到我家来看稀

奇。一屋子的人争相传看，都说到底是大上海啊，拍的照片
就是好。照片上的父亲，气宇轩昂，脸上虽挂着淡的忧伤，
却挡不住风华正茂的英气。多年之后，我再看父亲那张小
照，发现年轻的父亲，长得特像电影演员赵丹。而这时的父
亲，正倚在家里的沙发上打瞌睡，衰老得似一口老钟。

记忆中的父亲，是没这么老的，是永远的32岁，风流倜
傥。在一大帮大字不识一个的乡人们里头，父亲很有些鹤立
鸡群的意思。他不但断文识字，吹拉弹唱，也是无所不会。
那时，我们兄妹几个，喜欢围了父亲转，看风把父亲的黑头
发吹得飞扬起来。喜欢听父亲拉二胡、吹口琴、哼《拔根芦
柴花》的小调。喜欢看父亲挥毫泼墨，似乎写尽江山。整个
村子里，家家户户门上，贴的都是父亲手书的对联。这样的
父亲，在我们眼里，是举世无双的。

我上学了，成绩不错。父亲跟人说，只这个女儿，是他
的翻版。但父亲从未指导过我学习。只一次，我伏在小凳子
上，用红红绿绿的粉笔画人，把人涂得五颜六色。父亲走过
来，俯下身子看我画人，看了一会儿，他握住我的手，替我
帮人加上耳朵。又揩掉那些五颜六色，给人穿上中山装，浅
褐色的。我对着看，竟发觉画中人，有些像镜框中小照上的

父亲了。我又是惊异又是自豪，我爸原来还会画照片上的人呀。

我渐渐长大，对父亲的崇拜少了去，直至无。我眼中的父亲，与其他庸常的父亲没什么两样，他抽难闻的水烟。爱吃大葱和大蒜。手指甲里淤着黑泥，他用那样的手，把玉米饼掰开，一块一块送到嘴里去。及至我工作了，父亲来城里看我，当着一帮我的同事，把大厦的"厦"读成夏天的"夏"，我羞红了脸纠正。父亲讪讪笑，再读，还是读成"夏"。我只有默默摇头。

父亲老了，很多的病缠上身。最严重的是脊椎病，发作时，压迫得他双腿不能走路。这时的父亲，无助得像个小孩，被我接进城里来看病，完全听任我的摆布，神情落寞。

那日，我和几个朋友外出游玩归来，翻看刚刚拍的一组照片，随口对坐在沙发上眯着眼打盹的父亲说，爸，我们俩好像还没拍过合照呢，要不，来一张？父亲一下子睁开眼，脸上呈现出惊喜，他不相信地问我，就我们两个拍？我说，是啊，就我们两个。父亲突然忐忑起来，他问，你不嫌爸爸老吧？

我的心，像被什么东西猛击了一下。我嫌过父亲老吗？

貌似没有。可事实上，我是在嫌弃。我不耐烦听他说话。我极少坐到他身边，握握他的手。我不知他又添了几道皱纹，白了几根头发。我与他，就这么，在岁月里疏离着。

父亲没有一点怪我的意思，他很高兴能和我合影，他说，一定要把照片带回家，给村子里的人看看。他很仔细地理好头发，理顺衣衫，靠到我的身边来，对着相机镜头，认真地摆好姿势。我搂着父亲的肩，我说，爸，来，一二三，我们一齐笑。

合影我洗了两张，一张给了父亲，一张留给我自己。照片上的父亲和我，都笑得灿若春花。所有见过这张照片的人都说，你和你爸长得太像了，笑得一模一样。

佳句精选

◇◇ 照片上的父亲，气宇轩昂，脸上虽挂着淡的忧伤，却挡不住风华正茂的英气。

◇◇ 而这时的父亲，正倚在家里的沙发上打瞌睡，衰老得似一口老钟。

◇◇ 照片上的父亲和我，都笑得灿若春花。所有见过这张照片的人都说，你和你爸长得太像了，笑得一模一样。

种
爱

　　认识陈家老四，缘于我婆婆。

　　婆婆来我家小住，不过才两天，她就跟小区的人，混熟了。我下班回家，陈家老四正站在我家院门口，跟婆婆热络地说着话。看到我，他腼腆地笑一笑："下班啦？"我礼貌地点点头："是啊。"他看上去，年龄不比我小。

　　他走后，我问婆婆："这谁啊？"婆婆说："陈家老四啊。"

　　陈家老四是家里最小的孩子，父亲过世早，上有两个哥哥，一个姐姐，都已另立门户。他们与他感情一般，与母亲感情也一般，平常不怎么往来。只他和寡母，守着祖上传下的三间平房度日。

也没正式工作，蹬着辆破三轮，上街帮人拉货。婆婆怕跑菜市场，有时会托他带一点蔬菜回。他每次都会准时送过来，看得出，那些蔬菜，已被他重新打理过，整整齐齐干干净净的。婆婆削个水果给他吃，他推托一会儿，接下水果，憨憨地笑。路上再遇到我，他没头没脑说一句："你婆婆是个好人。"

却得了绝症，肝癌。穷，医院是去不得的，只在家里吃点药，等死。精气神儿好的时候，他会撑着出来走走，身旁跟着他的白发老母亲。小区的人，远远望见他，都避开走，生怕他传染了什么。他坐在我家的小院子里，苦笑着说："我这病，不传染的。"我们点头说："是的，不传染的。"他得到安慰似的，长舒一口气，眼睛里，蒙上一层水雾，感激地冲我们笑。

一天，他跑来跟我婆婆说："阿姨，我怕是快死了，我的肝上，积了很多水。"

我婆婆说："别瞎说，你还小呢，有的活呢。"

他笑了，说："阿姨，你别骗我，我知道我活不长的。

只是扔下我妈一个人，不知她以后怎么过。"

我们都有些黯然。春天的气息，正在蓬勃。空气中，满布着新生命的奶香，叶在长，花在开。而他，却像秋天树上挂着的一枚叶，一阵风来，眼看着它就要坠下来坠下来。

我去上班，他在半路上拦下我。那个时候，他已瘦得不成样了，脸色蜡黄蜡黄的。他腼腆地冲我笑："老师，你可以帮我一个忙么？"我说："当然可以。"他听了很高兴，说他想在小院子里种些花。"你能帮我找些花的种子么？"他用期盼的眼神看着我。见我狐疑地盯着他，他补充道："在家闲着也无聊，想找点事做。"

我跑了一些花店，找到许多花的种子带回来，太阳花，凤仙花，虞美人，喇叭花，一串红……他小心地伸手接着，像对待小小的婴儿，眼睛里，有欢喜的波在荡。

这以后，难得见到他。婆婆说："陈家老四中了邪了，筷子都拿不动的人，却偏要在院子里种花，天天在院子里折腾，哪个劝了也不听。"

我笑笑，我的眼前，浮现出他捧着花的种子的样子。真希望他能像那些花儿一样，生命有个重新开始的机会。

一晃，春天要过去了。某天，大清早的，买菜回来的婆婆，突然哑着声说："陈家老四死了。"

像空谷里一声绝响，让人怅怅的。我买了花圈送去，第一次踏进他家小院，以为定是灰暗与冷清的，却不，一院子的姹紫嫣红迎接了我。那些花，开得热烈奔放，仿佛落了一院子的小粉蝶。他白发的老母亲，站在花旁，拉着我的手，含泪带笑地说："这些，都是我家老四种的。"

我一时感动无言，不觉悲哀，只觉美好。原来，生命完全可以以另一种方式，重新存活的，就像他种的一院子的花。而他白发的老母亲，有了花的陪伴，日子亦不会太凄凉。

佳句
—— 精选 ——

◇◇ 春天的气息，正在蓬勃。空气中，满布着新生命
的奶香，叶在长，花在开。而他，却像秋天树上
挂着的一枚叶，一阵风来，眼看着它就要坠下来
坠下来。

◇◇ 他小心地伸手接着，像对待小小的婴儿，眼睛
里，有欢喜的波在荡。

◇◇ 原来，生命完全可以以另一种方式，重新存活
的，就像他种的一院子的花。而他白发的老母
亲，有了花的陪伴，日子亦不会太凄凉。

祖母的葵花

我总是要想到葵花，一排一排，种在小院门口。

是祖母种的。祖母侍弄土地，就像她在鞋面上绣花一样，一针下去，绿的是叶，再一针下去，黄的是花。

记忆里的黄花总也开不败。

丝瓜、黄瓜是搭在架子上长的。扁扁的绿叶在风中婆娑，那些小黄花，就开在叶间，很妖娆地笑着。南瓜多数是趴在地上长的，长长的蔓，会牵引得很远很远。像对遥远的他方怀了无限向往，蓄着劲儿要追寻了去。遥远的他方有什么？一定是爱情。我相信南瓜定是一个痴情的女子，在一路的追寻中，绽开大朵大朵黄花。黄得很浓艳，是化不开的情。

还有一种植物，被祖母称作乌子的。它像爬山虎似的，顺着墙角往上爬，枝枝蔓蔓都是绿绿的，一直把整座房子包裹住了才作罢。忽一日，哗啦啦花都开了，远远看去，房子插了满头黄花呀，美得叫人心醉。

最突出的，还是葵花。它们挺立着，情绪饱满，斗志昂扬，迎着太阳的方向，把头颅昂起，再昂起。小时候我曾奇怪于它怎么总迎着太阳转呢，伸了小手，拼命拉扯那大盘的花，不让它看太阳，但我手一松，它弹跳一下，头颅又昂上去了，永不可折弯的样子。

梵·高在1888年的《向日葵》里，用大把金黄来渲染葵花。画中，一朵一朵葵花，在阳光下怒放，仿佛是"背景上迸发出的燃烧的火焰"。梵·高说，那是爱的最强光。在颇多失意颇多彷徨的日子里，那大朵的葵花，给他幽暗沉郁的心，注入最后的温暖。

我的祖母不知道梵·高，不懂得爱的最强光，但她喜欢种葵花。在那些缺衣少吃的岁月里，院门前那一排排葵花，在我们心头，投下最明艳的色彩。葵花开了，就快有香香的瓜子嗑了。这是一种香香的等待，这样的等待很幸福。

葵花结籽，亦有另一种风韵。沉甸甸的，望得见日月风光在里头喧闹。这个时候，它的头颅开始低垂，有些含羞，有些深沉，但腰杆仍是挺直的。一颗一颗的瓜子，一日一日成形，饱满，吸足阳光和花香。葵花成熟起来，蜂窝一般的。祖母摘下它们，轻轻敲，一颗一颗的瓜子就落到祖母预先放好的匾子里。放在阳光下晒，会闻见花朵的香气。一颗瓜子，原来是一朵花的魂啊！

瓜子晒干，祖母会用文火炒熟，这个孩子口袋里装一把，那个孩子口袋里装一把。我们的童年就这样香香地过来了。

如今，祖母老了，老得连葵花也种不动了。老家屋前，一片空落的寂静。七月的天空下，祖母坐在老屋院门口，坐在老槐树底下，不错眼地盯着一个方向看。我想，那里，一定有一棵葵花正在开放，开在祖母的心窝里。

佳句
精选

◇◇ 祖母侍弄土地，就像她在鞋面上绣花一样，一针
　　下去，绿的是叶，再一针下去，黄的是花。

◇◇ 在那些缺衣少吃的岁月里，院门前那一排排葵
　　花，在我们心头，投下最明艳的色彩。

◇◇ 葵花结籽，亦有另一种风韵。沉甸甸的，望得见
　　日月风光在里头喧闹。

◇◇ 一颗瓜子，原来是一朵花的魂啊！

那日的阳光白花花的。

她的人，亦是白花花的。

无数的光影摇移，

哪里看得真切？

可是，握手上的手，是真的。

灌进耳里的声音，是真的。

缠绕着她的呼吸，是真的。

———————————

红木梳妆台

女人和花

女人开了一家花店。

花店开在偏巷里，门面不大，十来平方的样子。花草们从屋内，一直排到屋外，门外的场地上，挤满了姹紫嫣红。其中，大丽花最显目，一盆挨一盆，热火朝天地开着。

我路过，被那些大丽花所吸引，它们或大红，或玫粉，花朵重重叠叠，一律的色彩浓郁，拼了命地往那色泽的幽深里钻。我爱这些花，从小就爱。每一朵花上，都住着我的童年。童年的茅草屋前长着它，一大蓬，开的花有碗口那么大，能从夏天一直开到初冬。

它的根，像极了红薯。我小时疑心过它能吃，偷偷挖出它的根，放嘴里嚼。苦，苦透了。开出的花，却又丰腴又富丽，喜洋洋的，让人瞧不出一丝苦涩来。

我想买两盆带回去。

女人听到动静，从店里走出来。大妹子，你看花呢！大嗓门嘎嘣嘎嘣的，吓我一跳。

我定睛看女人，有点惊讶，她长得实在够魁梧的，胖墩墩的身子，胖乎乎的脸，红黑的两颊上，布满褐色斑点。这样一个人，似乎与花花草草沾不上一点边。

这些都是你种的花？我略带疑惑地问。

当然，我喜欢花。女人爽朗地一笑，大妹子，你看上什么就挑什么，都是我自个儿长的，不会算贵了给你的。

我家里种了好几亩地的花呢，女人弯腰整理花草。

一个男人突然从店里走出来，呼哧呼哧喘着粗气。男人看上去瘦瘦的，半边脸歪着，身子也歪着，嘴里含混地说着什么。女人赶紧走过去，搀扶住他，笑着说，知道了知道了，你进屋去安心躺着嘛，我不会走远的。

女人送男人进了屋。花的深深处，搭着一张简易的床。

女人再出来时，我已选好两盆大丽花，一盆大红的，一盆玫红的。

女人笑了，大妹子，你真会挑，这花一点不娇气，好长呢。

我笑笑，没说话，朝屋内多瞟了两眼，屋内花草斑斓。

女人也跟着瞟一眼，大大方方介绍道，他是我男人。她蹲下身子，麻利地给我的花重新装盆培土。

他呀，跟个孩子似的，一眼看不到我，就怕我跟人跑掉。哈哈，她大笑，大妹子，你看就长我这模样的，又老又丑，谁还会要我呀，他不抛弃我就是我的造化了。

他吧，原先身体壮实着呢，比我还壮实呢，扛一二百斤的水泥袋子走路，腿都不带抖一下的。你看不出吧？女人说着说着，自己觉得有趣，又哈哈哈笑起来。

我们一起去过很多地方打工，上海啦，武汉啦，最远的我们还到过深圳呢。攒了些钱，家里也盖上楼房，空调冰箱一应齐全。这日子过的，我做梦都要笑醒了。

女人转头望一眼屋内，笑笑，压低了她的嗓门：

他可能嫌我日子过得太舒坦了，倒跟我开起玩笑来，中风了，赖在床上不肯起来，躺了好几年呢。

我把房子卖啦，给他治病。他还舍不得，老念叨那房子。我觉得吧，人比房子重要，人没了，啥都没了。房子没了，还能重挣回来。

我也没别的本事，打小就喜欢些花花草草的，便开了这家花店，也方便照顾他。这下好了，我整天跟着花草混，别提多舒坦啦。

你看，他现在好多了，能撑着站起来，也能走上几步路了。我相信再调理过一两年，他就彻底好了，到时又能跑能跳了，我们就去租个门面大的店。

女人帮我换好花盆，重新培好土洒上水。喷过水的两盆大丽花，水灵灵的，看上去更艳丽了。女人笑着拍拍手上的泥，直起腰来，满意地看看花，说，大妹子，我种的花好吧？你以后若需要花，就到我家来吧，我肯定会算便宜些给你。

我微笑点头。

又有顾客到来，女人忙着去招呼。女人的身上，摇荡着花的影子。女人的声音，从那些花影里蹦出来，嘎嘣嘎嘣的，生机勃勃着——苦难也会开出花来的，倘若有颗向光向美的心。女人和她的花，让我觉得美好。

佳句
___ **精选** ___

◇◇ 它们或大红，或玫粉，花朵重重叠叠，一律的色
彩浓郁，拼了命地往那色泽的幽深里钻。

◇◇ 每一朵花上，都住着我的童年。

◇◇ 女人的身上，摇荡着花的影子。女人的声音，
从那些花影里蹦出来，嘎嘣嘎嘣的，生机勃勃
着——苦难也会开出花来的，倘若有颗向光向美
的心。

手腕上的疤

　　年轻时，总会做些傻事，认着死理，爱着不值得爱的人，却一往无前，直到撞到南墙，撞得头破血流。时间一天一天的，冲淡掉那摊殷红，但伤痕却留下了，做了年轻的见证。譬如，她腕上的那块疤。

　　其实，早已记不清那人的模样了，交往的点滴，也已模糊。可是，每次触及腕上的疤痕，如一条蜈蚣一样卧着，她的心，总要疼疼地跳一下。自卑着，压抑着。

　　不咸不淡地又恋爱几回。男人们的目光，在她的腕上停留。如锐器，带着尖尖的锋利的角，直直刺到她的心里去。

青天白日，藏无可藏。最后的最后，她只能落荒而逃。

遇见他时，她已年过三十。然不俗的外表，优越的工作，让她还是有望得见的靓丽。介绍人试探地对她说：他的长相一般，有点龅牙；老家在山沟沟里，有点穷；工作也不是太稳定，是跑销售的。她没有犹豫地点头，见见面再说吧。

第一次见，他有些拘束，话不多。倒是她，见惯了这种场面，谈笑自如。一起喝茶时，她故意在他面前，晃着那只受过伤的手腕。他的眼光，只轻浅地掠过，却忙忙地接过她手上的茶壶，笑着说，我来吧。他离了座，在她身边弯下腰去，给她的茶碗续上茶。

这细小的动作，让她的心软软地动了动，她和他便相处了下来。随后的日子，他的体贴温存，渐渐密布了她的天空。

可是，心里是有个结的，让她不得真正开心颜。他怎么可以忽略她腕上的那块疤呢？她到底忍不住了，她说，我给你讲个故事吧。他说，好啊。她于是说起年轻时的事，一个女孩，爱上一个男人，死心塌地地爱。后来，男人不要她了，她割了腕。

你看，就是割在这里，她举起有伤疤的那只手腕，指着那块伤疤说，静观着他的表情。她以为他会惊讶，或者愤怒。可是，他只是笑笑，轻描淡写地说，就这事啊？我也做过傻事的。他掀开他的衣服，她看到他的胸口，疤痕累累。他说，这是我被一个女人甩了后，用烟头烫的。

她讶异得不得了，心中的冰块，刹那间消融。她把头轻轻埋到他的胸口，听着他胸膛里的那颗心，有力地咚咚跳动着，她幸福地笑了。她想，这个男人，也是受过伤的，她一定要好好疼他。

从此，一路花开一路欢愉。她不再留意她腕上的疤，是在心里彻底把它丢掉了。偶尔瞥见手腕处，也只是淡淡一笑。天蓝云白啊，日子里有太多的欢乐要去感受。

是在那一天，无意中，他母亲跟她聊起他小时候的事，说他小时调皮得很，爬上桌子碰翻热水瓶，一瓶热水当胸浇过。

她呆住了。这时候，他们的儿子都过周了，在地板上摇摇摆摆学走路。窗台上一盆仙客来，花开饱满，岁月静好。

真爱一个人都会这样吧，有时，不惜用我的谎言，成就你的完美。

佳句

__ **精选** __

◇◇ 但伤痕却留下了，做了年轻的见证。

◇◇ 每次触及腕上的疤痕，如一条蜈蚣一样卧着，她的心，总要疼疼地跳一下。自卑着，压抑着。

◇◇ 真爱一个人都会这样吧，有时，不惜用我的谎言，成就你的完美。

桃
花
│
芳
菲
时

　　正月十五闹花灯，年轻的三奶奶在街市上看花灯，遇到英俊的三爹。电光火石般地，两颗年轻的心，爱了。不多久，三爹托了媒人上门。

　　三奶奶是三爹用大红花轿红盖头迎进门的，那时，满世界的桃花开得妖娆，三奶奶的婆婆——我们那未曾谋面过的老太，站在小院里，正仰望着一树桃花。帮佣的端着一盆莲子走过来，老太咧着嘴乐，说，好兆头，多子多孙。但三奶奶婚后，却无一子半嗣。

　　过年的时候，我们几个小孩子，被祖母一径领着，走上

六七里的路，去给三奶奶拜年。这已是若干年后的事了。我们的老太，也早已作了古。祖母再三关照，看见三奶奶不要乱说乱动，要祝三奶奶健康长寿。

房间里的光线总是暗，有一股水烟味。黄铜的水烟台，立在床头柜上，形销骨立的样子。三奶奶盘腿坐在床上，倚着红绸缎的花被子。她是个瘦小的女人，脸隐在一圈淡淡的光里面，看不清。她朝着我们说，好孩子，谢谢你们来看奶奶。然后递过红包来，那是给我们的压岁钱。我们敛了气地候着，祖母却客气地相挡，哪能要你的钱呢？

我们被祖母轰出房去，只留她们两个说话。我们乐得出去玩，门前有河，河上结冰，冰上散落着燃尽的爆竹屑。远远看去，像散落的花瓣。我们捡了泥块打冰漂。玩得肚子饿了，才想起已到饭时，回头去找祖母，只听得三奶奶幽幽说，我可是他大红花轿红盖头娶进门来的。后面是长长久久的静穆，有叹息声，落花似的。我们倚了门，呆一呆，那大红花轿红盖头的场面，该是何等的热闹？而三奶奶，定也是个水灵灵的人吧。

从没见过三爹，他人远在上海。兵荒马乱年代，祖父的弟兄，都跑到上海去苦生活。三爹也去了，先是在上海轮船

082

码头做苦力，后来拉黄包车，再后来，去戏园子做看门人。在那里，三爹遭逢到他生命里的一场艳遇。

爱上三爹的女人，是经常去戏园子看戏的。英俊的三爹，穿着镶白边的红礼服，站在戏园子门口迎客，惹得路过的女人，频频相望。那个女人，在数次相望后，再路过三爹身边，她把她外面穿着的大衣脱下，塞到三爹手上。给我拿着，她用不容置疑的口吻说。三爹愕然，她回眸一笑。如此三两次，便熟识了。

后来，这个女人，成了三爹在上海的太太。三爹托人捎口信给三奶奶，说，我对不起你，你另择好人家，再嫁吧。三奶奶大哭一场，却不肯离去，她把话捎去上海，我可是你大红花轿红盖头娶回家的。三爹听后，长叹一声，再无话。

家里有人去上海，回来说起三爹，多半摇头。三太太，家里人这样称三爹在上海的女人。三太太不是个善类啊，三爹在家做不了主的，大人们在一起谈论时，如是说。

三太太不喜欢这边的人过去，在小阁楼里摔盆子。三奶奶给三爹做的布鞋，也被三太太给退了回来，三太太说，侬自己穿好了。那个时候，三爹已和三太太生了两儿两女，儿女们都大了。三爹拉着去看他的家里人的手，背地里淌眼泪，说，见一回少一回哪。

也问起二奶奶，记忆里多半模糊。三爹说，她也老了吧？然后叹，我对不起她。一次，三爹瞒着三太太，塞了些钱给去看他的人，说，让她多买点吃的吧，告诉她，死了后，我一定葬在那边的。

回来的人，把三爹的话，说给三奶奶听，三奶奶抚被大恸，哭得撕心裂肺。大家都吓坏了，团团围住她，不知怎样相劝才好。三奶奶抽抽噎噎着停下来，却说，孩子们，我这是高兴哪。

三爹在86岁高龄上，突患一场大病，医治无效。弥留之际，家里人去看他，他问，她还好吧？再三恳求，他死了，一定要带着他的骨灰回去。平时冷面冷脸的三太太，也老了，这时仿佛看开许多，她知道，她守了一辈子的男人，只守住了他的身，却没守住他的心。她松口了，说，就依了他吧，想回去，就回去吧。

三爹的骨灰，被接回老家。三奶奶一早就梳洗打扮好了，稀疏的白发，抿得纹丝不乱。大红对襟袄穿着，竟是出嫁时穿的那件红衣裳。她不顾大家的劝阻，踩着碎步，跑了很远的路去迎。她抱着三爹的骨灰盒，多皱的脸上，慢慢洇上笑，笑成桃花瓣。她喃喃说，你这狠心的老头子，我可是你大红花轿红盖头娶进门来的，你却抛下我这么些年，今天，你终于回来啦。站旁边的人，无不泪落。

两天后，三奶奶去世了。她安静地死在床上，身上穿着那件红嫁衣，枕旁放着三爹的骨灰盒。她仪态端庄，面容安详。院子里，一院的桃花，开得正芳菲。

佳句
精选

◇◇ 电光火石般地，两颗年轻的心，爱了。

◇◇ 黄铜的水烟台，立在床头柜上，形销骨立的样子。

◇◇ 有叹息声，落花似的。我们倚了门，呆一呆，那大红花轿红盖头的场面，该是何等的热闹？

◇◇ 她仪态端庄，面容安详。院子里，一院的桃花，开得正芳菲。

冬葵

　　冬葵到药房当学徒的时候，时年十二岁。

　　也是因为家穷，唯一的男丁，被父母硬生生送了来。什么活都做，掌柜一家人的衣服要洗。尿壶要倒。水要挑。柴要劈。饭要煮。还不时要去山上采草药，一个人顶着烈日，攀爬在悬崖峭壁上，忍受蛇虫侵袭。

　　冬天，窗上结着冰花，一朵朵，丰腴着。掌柜一家人还躺在温暖的被窝里，冬葵却要早早起来，院前院后打扫，伸了冻疮密布的手，擦冰花。动作慢了，掌柜会生气。肥头大耳的掌柜一个巴掌掴过来，会让冬葵眼冒金星，半天站不稳。

冬葵怕，度日如年。好不容易找了机会回一趟家，对着父母哭，说，哪怕饿死，也不要把我送去。父母反过来对着他哭，说，在家是等死啊娃。没有学徒不是这样的，熬出头来就好了。娃啊，熬着吧。

父母的眼泪，把冬葵吓着了，他后来再没对父母哭过。他在药房里安下身，渐渐爱上那个地方。一天的忙碌过去，他有了属于自己的片刻安宁。虫鸣声若有似无地响在夜空里，铺盖卷静静倚在药房的柜台旁，他举着烛台，在一圈柠檬黄的光里面，踮起脚尖，偷偷打开红木柜子上一个一个暗红的抽屉。各种草木花朵好闻的气息，汹涌而出，很快将他淹没。

冬葵着了魔地喜欢上那些中草药，每一种，都有一个好听的名字。仙茅，白薇，连翘，沉香，茯苓，紫苏……冬葵一一在嘴里念，念得心动。一天，他发现"冬葵"居然也是一味中草药，他实在太高兴了，抓了一小把冬葵子藏在身上，手不时悄悄触摸它，心底有隐秘的快乐在飞。

女孩红花的出现，让冬葵的世界春暖花开起来。这个时候，冬葵已在药房里当了五年差，长成一个瘦瘦高高的少年。他能准确地报出任何一味中草药的名字，抓药时全凭手感，几钱几两，分毫不差。

红花是来买药的。十六岁的女孩，父母早亡，跟了哥嫂。哥嫂贪财，收了人家钱财，强行塞她进花轿，给一病重的老头冲喜。冬葵在她脸上读到深刻的忧伤，如夜色堆积般的。他的心，无端地弹跳起来，疼。他抓一把药，再抓一把药，包好，左右看看，飞快地对红花说，拿走吧，不要钱的。

红花看着他，"扑哧"一声笑了，两只细长的眼睛，弯成小月亮。她说，我带了钱呢。然后，在柜台上搁下一把银元。冬葵的脸"腾"地红了，心却是愉悦的，因为，他看见她的笑。那一天，他看天，天美。看地，地好。肥头大耳的掌柜看过去，也没那么可憎了。

两个少年就这样相识了。一些夜晚，红花会趁老头睡熟了，偷偷跑出来，轻轻敲冬葵的窗。冬葵的心，立即欢喜得开了花。他举着烛台，领着红花，一一去辨认那些中草药。贫穷的两个少年，没什么可相赠，却有草药。他送她"冬葵子"，她赠他"红花"，彼此是贴近的两个。他说，将来有一天，他要开家药房，房前屋后都种上草红花和冬葵。她听着，眼睛亮起来，又黯淡下去。她的日子一片黑，她不知道会走向哪里。他安慰她，没事的，有我呢。

重病的老头终撒手而去，那家人要把红花卖了。红花惊慌失措跑来找冬葵。冬葵只觉得一股热血直冲大脑，他一把牵住红花的手，说，我们逃吧，我带你走。

半路上却被捉回。冬葵被打折了腿，整整一个冬天没能挪步。等到窗外的冰雪终于消融，枝条上缀满雀跃的小绒毛，冬葵却再也找不到红花了。那时恰逢兵荒马乱，一个人的消失，如同一粒尘的消失，无声无息。

掌柜后来暴死，冬葵成了药房的主人。他养成了爱种草红花和冬葵的习惯，日子里，总有红花白花不息地开。这一习惯到他成为爹，没有改。到他成为爷爷，没有改。晚年，他患上老年痴呆症，忘记了很多人很多事，甚至连他最疼爱的孙子站他跟前，他也不认得了，却喜欢种下一棵一棵的草红花和冬葵。在花盆里种。在院门前的花池里种。在他看到的所有的土里面种。人问他，老人家，你这是在种什么呀？他口齿清晰地答，草红花和冬葵呀。核桃般褶皱的脸上，漾着令人心动的温柔。一圈圈，如水波。

佳句
___ **精选** ___

◇◇ 各种草木花朵好闻的气息，汹涌而出，很快将他
淹没。

◇◇ 冬葵在她脸上读到深刻的忧伤，如夜色堆积般
的。他的心，无端地弹跳起来，疼。

◇◇ 那一天，他看天，天美。看地，地好。肥头大耳
的掌柜看过去，也没那么可憎了。

◇◇ 那时恰逢兵荒马乱，一个人的消失，如同一粒尘
的消失，无声无息。

风过林梢

赫奶奶走了。

这消息让我发了好一阵子的呆。我离开赫奶奶所在的那个小镇，十多年了吧。十年的时光，足以让一个人老去。

我认识赫奶奶的时候，她不过五六十岁。又黑又细的眉毛，弯弯的，像用墨线弹过。配了一对黑珍珠似的眼，望向人的时候，水波潋滟着，孩子般的清澈。她个头中等，身材是恰到好处的丰满。走起路来，像踩着一段舒缓有致的曲子，不疾不徐，有着极美的韵致。想她年轻的时候，一定是个美人。

　　果真是。

　　年轻时，她是地方文工团里最红的角儿，舞台上的光芒，盖过天上最亮的星。十八九岁，她甩着粉红的绸帕子唱：

　　　　风过林梢呀风过林梢，在哪棵树的心底里，留下痕印。
　　　　我倚门张望呀张望着，郎的身影，何时再经过我门前。

　　——嗓音清脆甜润，风吹小铃铛般的。露天舞台，一盏汽油灯悬着，照着她唇红齿白一张粉嫩的脸，她像开得满满的一枝芍药花。台下人山人海，脚踩着脚，有时还争吵着要动手，都为要挤到台前去看她。

　　赫奶奶兴致好的时候，会跟人说一点儿当年事，断断续续的。她嘴角含笑，慢条斯理轻声讲着，讲着讲着，突然顿住，说，不提了，不提了，这些陈年烂谷子，提起要让人笑话的。彼时，赫奶奶在一家单位食堂烧饭。我刚出大学校门不久，分配到那个小镇工作，孤身一人，一日三餐，都在那家单位代伙。见面的次数多了，也就熟稔了。她总是很尊敬地称我丁老师。我脸嫩着，实在不好意思让一个年长者这么叫我，就悄悄跟她商量，赫奶奶，还是叫我名字吧，可好？
她却看着我，极认真地说，那哪能呢，不能坏了规矩，你是
老师，就是老师。

也认识了她的老伴。大家有时叫他赫爹，多数时候却直
呼他，赫老头。

第一次见到赫爹，我很替赫奶奶惋惜，她怎么嫁了这么
一个男人！

赫爹长得丑，真丑。瘦弱，矮小，局促狭窄的脸上，布
满麻子。偏偏眼睛又小，让你实在分不清，他看你的时候，
是睁着眼睛呢，还是闭着眼睛呢。

赫奶奶洞悉我的心思，她瞟一眼在忙碌的赫爹，很平静
地解释道，别看我家老头子长得丑，人可好着呢，是这个世
上少有的好人。

每天清晨，赫爹必早早来到单位，替赫奶奶生好烧饭的
炉子，烧好单位一天要用的开水，熬好粥。并把单位门前的
场地，打扫得干干净净。人若问，赫老头，你家赫奶奶呢？
他必宠溺地笑，说，她要睡觉的，我让她多睡一会儿。

赫爹的"早市"忙活妥当了，赫奶奶才梳洗一新地姗姗
而来。碗筷摆上桌，食堂里，也就陆陆续续坐着吃早饭的人

了。赫奶奶也坐在其中，细嚼慢咽地吃早饭。赫爹却仍在忙着，为中午的饭菜做准备，一边等着我们吃好了，他好刷锅洗碗。大家若叫，赫老头，你也过来一起吃早饭啊。他会受宠若惊地笑，连连摆手，不了，不了，你们吃吧，我一会儿回家去吃。

回家吃什么呢？是茶泡饭就咸菜。他一天三顿，从不讲究。但对赫奶奶，却像供着一尊佛似的，零食给预备着，饼干、糖果、瓜子，和应季的水果，从不间断。单位给赫奶奶配了一间休息室，我有时过去玩，赫奶奶会搬出一桌的零食来，招待我。全是我家老头子买的，她说。

他们的家住在小镇附近，有农田好几亩，都是赫爹种着。赫爹专辟了地，种赫奶奶喜欢吃的瓜果菜蔬。遇到时新的菜蔬，也给单位食堂免费送一些，蚕豆上市了送蚕豆，番茄上市了送番茄。大家吃着鲜活的菜蔬，不免对赫爹说些感谢的话。赫爹就变得异常慌乱，连连摆手，不谢，不谢，自己种的，不值钱的。赫奶奶不无得意地对人说，我家老头子种田可是一把好手，长的蔬菜啊庄稼啊，都比邻居家的要好。

姚爹突然出现了。姚爹长相斯文，衣着整洁，皮肤白皙，身板儿笔直笔直的。乍一见，像浸润在中草药中多年的老中医，仙风仙骨的。

起初我以为他是赫奶奶的亲戚，像赫奶奶那样标致的人，有这样的亲戚，也是不足为怪的。但后来，三天两头会见着他。他来，大家都很客气地叫他姚爹，很熟悉的样子。他蹲在屋檐下，帮赫奶奶择菜，一边跟赫奶奶说着话，轻声慢语的。若是碰上赫爹来，彼此都会很热络地打招呼，一团和气。

也就听人隐约提起，说他是赫奶奶年轻时的相好。

曾同在一个文工团待着，赫奶奶是台柱子，他是管乐器的，拉得一手好二胡。还兼着写剧本、作曲和排戏，是有名的才子。他写一折《风过林梢》的戏，是歌唱婚姻自由的。那时刚解放，宣扬男女平等，恋爱自己做主。这出戏，很合时宜。赫奶奶是主演，很快引起轰动，一天一场地演，有时还要加演。

两个年轻人日日见着，生了情合了意。也未曾有过承诺，未曾有过誓言，但就是很愿意在一起。有时，他们头挨头地，研究台词唱腔。有时，也没什么事，只偶尔说上一两句无关紧要的话，彼此看着，笑笑，也是好的。看见他们的人，都觉得他们很般配，私下里想着，这两个人要是能够结婚，真像云朵配上云朵、花儿配上花儿呢！

赫奶奶的父母，却突然来到文工团，强行把赫奶奶带回家。他们早已把她暗许了姓赫的一户人家，是早年受过赫家恩惠的。一贫如洗的岁月里，他们夫妇领着幼儿逃荒，差点饿死在荒郊野外，是赫家的一升荞麦，救了他们全家性命。赫家当时有子女六个，最小的赫爹，三四岁了，丑丑的一个小孩，拖着两行鼻涕望着他们。赫奶奶的母亲刚好有孕在身，就指着腹中胎儿，对赫家说，他日，若生了姑娘，就给你们家这个老幺做媳妇儿。

赫奶奶从小也是耳闻过的，只不当真。但她的父母却认了真，耳里听到一些风言风语，着了急，就商量着让赫家来带人。赫奶奶哭过，闹过，绝食过，但她母亲的性子比她更强，一把菜刀架在自己的脖子上，对赫奶奶说，姑娘，你这条命，也是赫家给的，你要是让我们做背信弃义的事，我就立刻死在你跟前。

赫奶奶哭哭啼啼地嫁了。赫爹像捡到珍宝似的，小心轻放着。日子久了，赫奶奶委屈的心，渐渐平复。

姚爹在赫奶奶嫁人后，颓废了好长一段时间，他二胡不拉了，剧本不写了，曲子不编了。一年后，他也离开了文工团，到一所偏远的乡村小学，做了名音乐老师。

他与赫奶奶再次相逢，是他被批斗得最为惨烈的时候。因有个舅舅在海外，他成了走资派。又因他是个搞音乐的，说他宣扬靡靡之音，罪名更大。他天天挨批，头发被剃光了，肋骨被打断了，躺在黑屋子里，一心求死。赫奶奶来了，带着她做的糯米点心，那是他爱吃的。见了她，他仿佛在寒冬里，望见了春天的一抹柳枝绿。

他没有再寻死，咬着牙撑一撑，那段岁月，也就过去了。春和景明时，他搬到了赫奶奶所在的这个镇子，与赫奶奶一家，往来频繁。赫奶奶的孩子，都尊称他，姚叔。

却一直未曾婚娶。赫奶奶热心地帮他穿针引线过，他也对一个离异的女同事有过好感，两人相处过一段日子，后来却不了了之。从此，他再不提婚姻之事。他种花养草，写写曲子，拉拉二胡。闲时就跑过来看看赫奶奶，青天白日，光明磊落。小镇人起初对他们还有闲言，但他们的坦然，倒容不得别人再说什么了。大家暗地里都说赫奶奶有福气，两个男人都对她这么死心塌地。

我离开小镇的那年冬天，赫爹突发脑出血而亡。大家都心照不宣地想，姚爹终于守得云开月明时，这下子，赫奶奶肯定要和他在一起了。赫奶奶的儿孙们，也都有这个意思，极力撮合他们。

赫奶奶却摇头，坚决地说不，她说她不能对不起老头子，他做了一辈子老实人，对她好了一辈子。

赫爹走后，赫奶奶辞去了食堂烧饭的差事，一下子老了许多，老是丢东忘西，记不住事情。姚爹天天去陪她。买了零食带过去，饼干、糖果、瓜子，和应季的水果。赫奶奶吃着零食，吃着吃着，会错把姚爹喊成赫爹。

赫奶奶的葬礼上，姚爹拉了当年的曲子《风过林梢》。这是赫奶奶临终时要求的。姚爹拉着拉着，一滴泪，很亮的，滑落在二胡的弦上。

佳句
—— 精选 ——

◇◇ 十年的时光，足以让一个人老去。

◇◇ 她个头中等，身材是恰到好处的丰满。走起路
来，像踩着一段舒缓有致的曲子，不疾不徐，有
着极美的韵致。

◇◇ 露天舞台，一盏汽油灯悬着，照着她唇红齿白一
张粉嫩的脸，她像开得满满的一枝芍药花。

◇◇ 见了她，他仿佛在寒冬里，望见了春天的一抹柳
枝绿。

◇◇ 姚爹拉着拉着，一滴泪，很亮的，滑落在二胡的
弦上。

爱
未
央

陈四爹最近迷上藏钱，像乌鸦迷上发光的东西。

是儿媳妇肖英最先发现的。

肖英记得买菜时多下一些零钱，随手搁客厅茶几上。她转身去厨房，不过择了一把菜、洗了两只碗，转身，钱就不见了。

没有人来过，除了公公陈四爹在。

陈四爹却没事人似的，在自己的房间里，数着一堆红红绿绿的小球玩。

自从患上老年痴呆症后，他的智商一下子退回到幼儿期，爱耍小脾气，爱玩五颜六色的玩具。

肖英看看陈四爹，当时没说什么，但心里存了疑惑。她后来做了个试验，故意在客厅的茶几上放上十块钱。她躲到一边去，不一会儿，她看到她的公公陈四爹，从房间里慢慢磨蹭着出来。当他瞥见茶几上的钱时，眼睛里立即大放光芒，左右迅速看看，一把抓起钱，揣到怀里去了。

肖英就有些不高兴了，她走了过去，问陈四爹，爸，您拿钱了？

陈四爹紧紧捂住胸口，瞪着她，答，我没有。

可我明明看见您拿钱了。肖英生气地说着，就要来掰他的手，爸，家里不缺您吃的，不缺您穿的，您说您要钱做什么？

陈四爹不肯松手，孩子似的放声大哭起来，一边哭一边说，我没有拿钱，我没有拿钱。

儿子陈程回家，看到这一幕，劝肖英，你跟爸较什么真？他都八十多岁的人了，拿就拿了吧，反正他也花不出去。

肖英气鼓鼓地说，怨不得家里老丢钱，还不知他藏了多少钱呢。

自此后，肖英存了心眼，把钱看管得很紧。陈四爹找不到钱了，表现得很失落。他在家里来来回回地打转，到处翻找，家里的角角落落，都被他翻了个遍。偶尔在哪个抽屉里，捡到一枚两枚硬币，他欢喜不迭，赶紧往怀里藏。

家人对他哭笑不得，把他的行为归结为，是老年痴呆的一种。

他后来发展到，逢人便伸出手来，讨钱。给我钱——他眼睛直盯着来人，很执拗地说。

大家开他玩笑，四爹爹，您要钱买糖吃啊？

他偏着须发皆白的脑袋，想一想，摇摇头，认真地说，不，我要买金戒指。

您买金戒指给谁戴呀？

给新娘子，给新娘子。他口齿不清地说。

给新娘子？大家哄笑一通，都以为他老糊涂了。

陈四爹的突然失踪，让儿子陈程着实急出了一身冷汗。那天，起先是没有一点征兆的，早饭时，陈四爹还好好的，喝掉一碗粥，吃掉半块馒头。饭后，他回房，继续玩他的彩球。陈程去老年活动中心下棋，肖英去菜场买菜。

等肖英买菜回来，家里的大门洞开，公公陈四爹不见了。

街坊四邻都被发动起来寻找，折腾大半天，仍是无头无绪。后不知谁突然想起来，说，老爷子不会真的跑去买什么金戒指吧?

街上卖金戒指的就那么两家，一家百货商场，一家国货商厦。众人分头去找，果真，在国货商厦一楼的黄金柜台旁，找到陈四爹。柜台的营业员一见找去的人，长舒一口气，说，你们总算找来了，这个老爹爹难缠呢，他非要用这么点钱，买一枚这么大的金戒指不可。

众人看过去，柜台上，摊着一堆零碎，不过百十块。陈四爹指着那些钱，固执地说，我有钱，我要买金戒指。

陈程走过去，不好意思地跟营业员打招呼，他指指自己的脑袋，悄声说，对不起啊，给您添麻烦了，我爸这里不行了。营业员恍然大悟"哦"一声，她同情地看看陈四爹，无声地笑了。

陈程转身，有些恼火地拖住陈四爹，爸，您别闹了，咱回家吧。

陈四爹茫然地望着陈程，望着望着，哭了，他嘟嘟哝哝地说，今天是菊香生日呢，我答应过她，要给她买金戒指的呢。

　　众人听着，心头一震。菊香，陈程的母亲，陈四爹的老伴，故去已十年。

佳句

精选

　　◇◇ 陈四爹最近迷上藏钱，像乌鸦迷上发光的东西。

　　◇◇ 陈四爹茫然地望着陈程，望着望着，哭了，他嘟嘟哝哝地说，今天是菊香生日呢，我答应过她，要给她买金戒指的呢。

红木梳妆台

　　她与他相识，不知是哪一年哪一月的事了。仿佛生来就熟识，生来就是骨子里亲近的那一个人。她坐屋前做女红，他挑着泔水桶，走过院子里的两棵皂角树。五月了，皂角树上开满乳黄的小花儿，天地间，溢满淡淡的清香，有种明媚的好。她抬眉。他含笑，叫一声："小姐。"那个时候，她十四五岁的年龄吧。

　　也不过是小户人家的女儿，家里光景算不得好，她与寡母一起做女红度日。他亦是贫家少年，人却长得臂粗腰圆，很有虎相。他挨家挨户收泔水，卖给乡下人家养猪。收到她家门上，他总是尊称她一声"小姐"，彬彬有礼。

这样地，过了一天又一天。皂角花开过，又落了。落过，又开了。应该是又一年了吧，她还在屋前做女红，眉眼举止，盈盈又妩媚，是朵开放得正饱满的花。他亦是长大了，从皂角树下过，皂角树的花枝，都敲到他的头了。他远远看见她，挑泔水桶的脚步，会错乱得毫无步骤。却装作若无其事，依然彬彬有礼叫她一声："小姐。"她笑着点一下头，心跳如鼓。

某一日，他挑着泔水桶走，她倚门望，突然叫住他，她叫他："哎——"他立即止了脚步，回过身来，已是满身的惊喜。"小姐有事吗？"他小心地问。

她用手指缠绕着辫梢笑。她的辫子很长，漆黑油亮。那油亮的辫子，是他梦里的依托。他的脸无端地红了，却听到她轻声说："以后不要小姐小姐地叫我，我的名字叫翠英。"

他就是在那时，发现他头顶的一树皂角花，开得真好啊。

这便有了默契。再来，他远远地笑，她远远地迎。他起初"翠英"两字叫得不顺口，羞涩的小鸟似的，不肯挪出窝。后来，很顺溜了，他叫她，翠英。几乎是从胸腔里飞奔出来。多么青翠欲滴的两个字啊，仿佛满嘴含翠。他叫完，左右仓促地环顾一下，笑。她也笑。于是，空气都是甜蜜的了。

有人来向她提亲，是一富家子弟。他听说了，辗转一夜未眠。再来挑泔水，从皂角树下低头过，自始至终不肯抬头看她。她叫住他："哎——"他不回头，恢复到先前的彬彬有礼，低低问："小姐有事吗？"

她说："我没答应。"

这句话无头无尾，但他听懂了，只觉得热血一下子涌上来，心口口上就开了朵叫作幸福的花。他点点头，说："谢谢你翠英。"且说且走，一路健步如飞。他跑到一处无人的地方，站在那里，对着天空傻笑。

这夜，月色姣好，银装素裹。他在月下吹笛，笛声悠悠。她应声而出。两个人隔着轻浅的月色，对望。他说："嫁给我吧。"她没有犹豫，答应："好。但我，想要一张梳妆台。"这是她从小女孩起就有的梦。对门张太太家，有张梳妆台，紫檀木的，桌上有暗屉，拉开一个，可以放簪子。再拉开一个，可以放胭脂水粉。立在上头的镜子，锃亮。照着人影儿，水样地在里面晃。

他承诺："好，我娶你时，一定给你一张漂亮的梳妆台。"

他去了南方苦钱。走前对她说："等我三年，三年后，我带着漂亮的梳妆台回来娶你。"

三年不是飞花过，是更深漏长。这期间，媒人不断上门，统统被她回绝。寡母为此气得一病不起，她跪在母亲面前哀求："妈，我有喜欢的人。"

三年倚门望，却没望回他的身影。院子里的皂角花开了落，落了开……不知又过去了几个三年，她水嫩的容颜，渐渐望得枯竭。

有消息辗转传来，他被抓去做壮丁。他死于战乱。她是那么地悔啊，悔不该问他要梳妆台，悔不该放手让他去南方。从此青灯孤影，她把自己没入无尽的思念与悔恨中。

又是几年轮转，她住的院落，被一家医院征去，那里，很快盖起一幢医院大楼。她搬离到几条街道外。伴了多年的皂角树，从此成了梦中影，如同他。

60岁那年，她在巷口晒太阳，却听到一声轻唤："翠英。"她全身因这声唤而颤抖。这名字，从她母亲逝去后，就再没听到有人叫过她。她以为听错，侧耳再听，却是明明白白一声"翠英"。

那日的阳光白花花的。她的人，亦是白花花的。无数的光影摇移，哪里看得真切？可是，握手上的手，是真的。灌进耳里的声音，是真的。缠绕着她的呼吸，是真的。他回来了，隔了四十多年，他回来了，带着承诺给她的梳妆台。

那年，他出门不久，就遇上抓壮丁的。他被抓去，战场上无数鬼门关前来来回回，他嘴里叫的，都是她的名字，那个青翠欲滴的名字啊。他幸运地活下来，后来糊里糊涂被塞上一条船。等他头脑清醒过来，人已在台湾。

在台湾，他拼命做事，积攒了一些钱，成了不大不小的老板。身边的女子走马灯似的，都欲与他共结秦晋之好，他一概婉拒，梦里只有皂角花开。

等待的心，只能迂回，他先是移民美国。大陆还是乱，"文革"了，他断断回不得的。他挑了上好的红木，给她做梳妆台。每日里刨刨凿凿，好度时光。

她早已听得泪雨纷飞。她手抚着红木梳妆台，拉开一个暗屉，里面有银簪。再拉开一个暗屉，里面有胭脂水粉。是她多年前想要的样子啊。

她坐在梳妆台前，很认真地在脸上搽胭脂，搽得东一块西一块的。因为年轻时的过多穿针引线，还有，漫长日子里的泪水不断，她的眼睛，早瞎了。

"哎，好看吗？"她转头问立在身后的他。他一迭声说："好看好看，这世上，没有哪个女人，比你更好看。"她开心地笑了。他悄悄转身，抹去脸上两行泪。外面的阳光，真是灿烂，像多年前的皂角花开。

佳句
精选

◇◇ 五月了，皂角树上开满乳黄的小花儿，天地间，
溢满淡淡的清香，有种明媚的好。

◇◇ 他叫她，翠英。几乎是从胸腔里飞奔出来。多么
青翠欲滴的两个字啊，仿佛满嘴含翠。

◇◇ 那日的阳光白花花的。她的人，亦是白花花的。
无数的光影摇移，哪里看得真切？可是，握手上
的手，是真的。灌进耳里的声音，是真的。缠绕
着她的呼吸，是真的。

会说话 | 如果蚕豆

二十一岁，如花绽放的年纪，她被遣送到遥远的乡下去改造。不过一瞬间，她就从一个幸福的女孩子，变成了人所不齿的"资产阶级小姐"。那个年代有那个年代的荒唐，而这样的荒唐，几乎改变了她的一生。

父亲被批斗至死。母亲伤心之余，选择跳楼，结束了自己的生命。这个世上，再没有疼爱的手，可以抚过她遍布伤痕的天空。她蜗居在乡下一间漏雨的小屋里，出工，收工，如同木偶一般。

最怕的是田间休息的时候，集体的大喇叭里播放着革命歌曲，"革命群众"围坐一堆，开始对她进行批判。

她低着头，站着。衣服不敢再穿整洁的，她和他们一样，穿带补丁的。发也不再留长的，她忍痛割爱，剪了。她甚至有意站毒日头下晒着，她要晒黑她白皙的皮肤。她努力把自己打造成贫下中农中的一员。一个女孩子的花季，不再明艳。

那一天，歇晌，脸上长着两颗肉痣的队长突然心血来潮，把大家召集起来，说革命出现了新动向。所谓的新动向不过是她的短发上，别了一只红色的发卡。那是母亲留给她的唯一遗物。

队长粗暴地让人从她的发上，强取下发卡。她第一次反抗，泪流满面地争夺。那一刻，她像一只孤单的雁。

这个时候，突然从人群中跳出一个身影来，他不管不顾地冲上去，从队长手里抢过发卡，交到她手里。一边用手臂护着她，一边对着周围的人愤怒地"哇哇"叫着。

所有的喧闹，一下子静下来。大家面面相觑。一会儿之后，又都宽容地笑了，没有人与他计较，一个可怜的哑巴，从小被遗弃在村口，是吃百家饭长大的，长到三十岁了，还是孑然一身。谁都把他当作可怜的人。

　　队长也不跟他计较，挥挥手，让人群散了。他望望她，打着手势，意思是叫她安心，不要怕，以后有他保护她。她看不懂，但眼底的泪，却一滴一滴滚下来，砸在脚下的黄土里。

　　他看着流泪不止的她，手足无措。忽然从口袋里，掏出一把炒蚕豆来，塞到她手里。这是他为她炒的，不过几小把，他一直揣在口袋里，想送她。却望而却步，她是他心中的神，如何敢轻易接近？这会儿，他终于可以亲手把蚕豆交给她了，他满足地搓着手"嘿嘿"笑了。

　　她第一次抬眼打量他，长脸，小眼睛，脸上布满岁月的风霜。这是一个有些丑丑的男人，可她眼前，却看到一扇温暖的窗打开了。是久居阴霾里，突见阳光的那种暖。

　　从此，他像守护神似的跟着她，再没人找她的麻烦，因为他会为她去拼命。谁愿意得罪一个可怜的哑巴呢？谁也不愿意的。她的世界，变得宁静起来。她甚至，可以写写日记、看看书。重的活，有他帮着做。漏雨的屋，亦有他帮着补。有了他，她不再惧怕夜的黑。

　　他对她的好，所有人都明白，她亦明白。却从不曾考虑过要嫁给他。这怎么可能呢？她虽身陷泥淖，心底的那一份高傲却从不曾丢。她相信，总有一天，她会重新飞走。

邻居阿婶想做好事，某一日，突然拉住收工回家的她，说："不如就做了他的媳妇吧，以后也有个知冷知热疼你的人。"她愣住，转身看他，他拼命摇头，脸涨得通红。

这之后，他看见她，远远就避开走。她明白他的好意，是不想让她难做。这反倒让她改变了心意，邻居阿婶再撮合这桩亲事时，她点头答应了。是想着委屈的吧，在嫁他的前一天，她跑到没人的地方，大哭一场。

他们的婚姻，开始在无声里铺排开来，柴米油盐，一屋子的烟火熏着。他不让她干一点点重活，甚至她换下的内衣，都是他抢了洗，她在烟火的日子里，渐渐白胖。

这是幸福吧？有时她想。眼睛眺望着遥远的南方，那里，是她成长的地方。如果生活里没有变故，那么她现在，一定坐在钢琴旁，弹着乐曲唱着歌。或者，在某个公园里，悠闲地散着步。她摊开双手，望见修长的手指上，结着一个一个的茧。不再有指望，那么，就这么过着吧。

他们一直没有孩子。但这不妨碍他对她的好，晴天为她挡太阳，阴天为她遮风雨。村人们感叹，这个哑巴，真会疼人。她听到，心念一转，有泪，点点滴滴，洇湿心头。这辈子，别无他求了。

生活是波平浪静的一幅画，如果后来她的姨妈不出现，这幅画会永远悬在他们的日子里。她的姨妈，那个从小去了法国，而后留在了法国的女人，结过婚，离了，如今孤身一人。老来想有个依靠，于是想到她，辗转打听到，希望她能过去，承欢左右。

这个时候，她还不算老，四十岁不到呢。她还可以继续她年轻时的梦想，比如弹琴，或绘画。她在这两方面都有相当的天赋。

姨妈却不愿意接受他。照姨妈的看法，一个一贫如洗的哑巴，她跟了他十来年，也算对得起他了。他亦是不肯离开故土。

她只身去了法国。在法国，她常伴着咖啡度夕阳，生活优雅娴静。这些，是她梦里盼过多次的生活啊，现在，都来了，却空落。那一片天空下，少了一个人的呼吸，终究有些荒凉。一个月，两个月……她好不容易挨过一季，她对姨妈说，她该走了。

再多的华丽，亦留不住她。

她回家的时候，他并不知晓。却早早等在村口。她一进村，就看到他瘦瘦的身影，没在黄昏里，仿佛涂了一层金粉。或许是感应吧，她想。

其实，哪里是感应？从她走后，每天的黄昏，他都到路口来等她。

没有热烈的拥抱，没有缠绵的牵手，他们只是互相看了看，眼睛里，有溪水流过。他接过她手里的大包小包，让她空着手跟在后面走。到家，他把她按到椅子上，望着她笑，忽然就去搬出一个铁罐来，那是她平常用来放些零碎小物件的。他在她面前，陡地扳倒铁罐，哗啦啦，一地的蚕豆，蹦跳开来。

他一颗一颗数给她看，每数一颗，就抬头对她笑一下。他数了很久很久，一共是九十二颗蚕豆，她在心里默念着这个数字。九十二，正好是她离家的天数。

没有人懂。唯有她懂，那一颗一颗的蚕豆，是他想她的心。九十二颗蚕豆，九十二种想念。如果蚕豆会说话，它一定会对她说，我爱你。那是他用一生凝聚起来的语言。

九十二颗蚕豆，从此，成了她最最宝贵的珍藏。

相见欢

佳句
精选

◇◇ 她蜗居在乡下一间漏雨的小屋里，出工，收工，
如同木偶一般。

◇◇ 她第一次抬眼打量他，长脸，小眼睛，脸上布满
岁月的风霜。这是一个有些丑丑的男人，可她眼
前，却看到一扇温暖的窗打开了。是久居阴霾
里，突见阳光的那种暖。

◇◇ 她一进村，就看到他瘦瘦的身影，没在黄昏里，
仿佛涂了一层金粉。

◇◇ 九十二颗蚕豆，九十二种想念。如果蚕豆会说
话，它一定会对她说，我爱你。那是他用一生凝
聚起来的语言。

我用我的明媚

等着你

　　她是我在住院时认识的。因阑尾发炎，我住了一些日子的医院。一个病房同住的，是她和她的丈夫。一次意外的交通事故，她的丈夫，被撞成重伤。经过抢救伤好了，人却沉睡不醒。医生说，可能要变成植物人。

　　这样的灾难掉到谁身上，谁都要呼天抢地一番，从此，愁云笼罩，天崩地塌，生活中再没有欢乐。然我见到她时，却委实吃了一惊，她太时髦太漂亮了。初冬的天，她一袭薄呢裙，脸上化着淡妆，口红却抹得鲜艳，像朵开得正艳的花。长头发盘在头上，刘海鬖鬖的，覆在额前。显然经过精心打理。

她在病房内唱歌，唱得很欢快。她讲很多的趣闻，说到开心处，兀自大笑不已。大家看她的眼神，就有些怪怪的。背后没少议论，说这个女人的没心没肺，丈夫都这个样子了，她还有心思打扮说笑。也预言，过不了多久，她肯定会抛夫另嫁。她有这个条件，人长得好看，也还年轻，据说，还有一份不错的工作。大家对睡在病床上、毫无知觉的她的丈夫，便抱了极大同情，不停感叹，夫妻本是同林鸟，大难临头各自飞。

倒是她，仿佛对眼前的不堪视而不见。每天，她总要抽出一些时间，溜出医院去。回来时，手里准会带回一些"宝贝"——淘来的衣，丈夫的，她的。或一些打折的首饰。或者，搬一盆花回来，一路灿烂着。花被她安放在病房的窗台上，精神抖擞地开着，或红或黄，把一个病房，映得水红粉黄。

午后时光，人犯困。她把淘来的"宝贝"们披挂在身，在我跟前走T型台步，脸却朝向她的丈夫，频频笑问，你看我漂亮吗？很漂亮的是不？她的丈夫自然没有反应，她却乐此不疲地走着她的T型台步，乐此不疲地问着这些话。

深夜，我一觉睡醒，发现她不在病房内。我推开阳台的门，看见她坐在阳台上，望月。月到中天，淡淡的月光，在她身上，镀一层银光。她看上去，像幽暗处的瓷器，闪着清冷的光。她听到门响，转过脸来，我看到，一行"明月珠"，坠在她的腮旁。她在哭。

我愣住。她的苦痛，原是藏在深夜里，藏在无人处。她抱歉地对我说，吵醒你了？我说，没。也只能这样安慰她，他会醒过来的，一定会的。

她伸手抹抹眼睛，笑了，说，我知道他会醒的。他喜欢我打扮得漂漂亮亮的，他喜欢我开开心心的，所以，我要打扮得好看些，等他醒过来。

为之动容。再看月下的她，身上就有了圣洁的光芒。

两星期后，我出院。她送我到医院门口，把一款淘来的挂件，塞到我手里。告诉我，配了怎样的线衣，会好看。她像对我说，又像对她自己说，无论什么时候，都要漂亮啊，这样才会有好心情，好好活。

这以后，也偶有联系，我打电话去，或她打电话来。每次电话里，她都兴高采烈地向我描述，她穿什么衣，她戴什么首饰，她又淘到什么好宝贝了。我的眼前，便晃着一个年轻的女子，刘海鬈鬈的，口红抹得像朵盛开的花。她漂亮得让人仰视。

春暖花开时，我把她给的挂件找出来，挂上，配了她说的那种颜色的衣服，果真漂亮。她的电话，在这时突然响起，她喜极而泣地告诉我，他醒了。

我笑了。这是我意想中的结果。我从来不曾怀疑过，她一定会用她的明媚，唤醒他。因为生命真正的奇迹，在于不放弃，努力活。

佳句精选

◇◇ 初冬的天，她一袭薄呢裙，脸上化着淡妆，口红却抹得鲜艳，像朵开得正艳的花。

◇◇ 花被她安放在病房的窗台上，精神抖擞地开着，或红或黄，把一个病房，映得水红粉黄。

◇◇ 我推开阳台的门，看见她坐在阳台上，望月。月到中天，淡淡的月光，在她身上，镀一层银光。她看上去，像幽暗处的瓷器，闪着清冷的光。

◇◇ 我从来不曾怀疑过，她一定会用她的明媚，唤醒他。因为生命真正的奇迹，在于不放弃，努力活。

木偶不说话 | 咫尺天涯，

"她"叫红衣。

"他"叫蓝衣。

他们从"出生"起，就同进同出，同卧同眠。简陋的舞台上，"她"披大红斗篷，葱白水袖里，一双小手轻轻弹拨着琴弦。阁楼上锁愁思，千娇百媚的小姐，想化作一只鸟飞。"他"呢，一袭蓝衫，手里一把折扇，轻摇慢捻，玉树临风，是赴京赶考的书生。湖畔相遇，花园私会，缘定终身。秋水长天，却不得不离别。"她"盼"他"归，等瘦了月亮。"他"金榜题名，锦衣华服回来娶"她"，有情人终成眷属。观众们长舒一口气。剧终。"她"与"他",携手来谢幕,鞠一个躬,再鞠一个躬。舞台下掌声与笑声,同时响起来,哗啦啦,哗啦啦。

那时,"她"与"他",每天都要演出两三场,在县剧场。木椅子坐上去咯吱吱,头顶上的灯光昏黄黯淡。绛红的金丝绒的幕布徐徐拉开,舞台上亮堂堂的。戏就要开场了。小小县城,娱乐活动也就这么一点儿,大家都爱看木偶戏。工厂包场,学校包场,单位包场。乡下人进城来,也都来赶趟热闹。剧场门口卖廉价的橘子水,还有爆米花。有时也有红红绿绿的气球卖。进场的孩子,一人手里拿一只,高兴得不得了。

幕后,是她与他。一个剧团待着,他们配合默契,天衣无缝。她负责红衣,她是"她"的血液。他负责蓝衣,他是"他"的灵魂。全凭着他们一双灵巧的手,牵拉弹转,演绎人间万般情爱,千转万回。一场演出下来,他们的手臂酸得发麻,心却欢喜得开着花。木盒子里,她先放进红衣,他把蓝衣跟着放进去,让"他们"并排躺着。他在"他们"脸上轻抚一下,再轻抚一下。她在一边看着笑,他抬头,回她一个笑,默契得无须多说一句话。

彼时，年华正好。她人长得靓丽，歌唱得不俗，在剧团被称作金嗓子。他亦才华横溢，胡琴拉得出色，木偶戏的背景音乐，都是他创作的。让人遗憾的是，他生来是哑巴。他丰富的语言，都给了胡琴，给了他的手。他的手，白皙修长，注定是拉胡琴和演木偶戏的。她的目光，常停留在他那双手上，在心里面暗暗叹，好美的一双手啊。

在一起演出久了，不知不觉情愫暗生。他每天提前上班，给她泡好菊花茶，等着她。小朵的杭白菊，浮在水面上，浅香绵远，是她喜欢的。她端起喝，水温刚刚好。她常不吃早饭就来上班，他给她准备好包子，有时会换成烧饼。与剧场隔了两条街道，有一家周二烧饼店，做的烧饼很好吃。他早早去排队，买了，里面用一张牛皮纸包了，牛皮纸外面，再包上毛巾。她吃到时，烧饼还是热乎乎的，像刚出炉的样子。

她给他做布鞋。从未动过针线的人，硬是在短短的一周内，给他纳出一双千层底的布鞋来。布鞋做成了，她的手指，也变得伤痕密布——都是针戳的。

这样的爱，却不被俗世所容，流言蜚语能淹死人，都说好好一个女孩子，怎么爱上一个哑巴呢，两人之间的关系肯定不正常。她的家里，反对得尤为激烈。母亲甚至以死来要挟她。最终，她妥协了，被迫匆匆嫁给一个烧锅炉的工人。

日子却不幸福。锅炉工人高马大，脾气暴躁。贪酒杯，酒一喝多了就打她。她不反抗，默默忍受着。上班前，她对着一面铜镜理一理散了的发，把脸上青肿的地方，拿胶布贴了。出门有人问及，她淡淡一笑，说，不小心磕破皮了。贴的次数多了，大家都隐约知道内情，再看她，眼神里充满同情。她笑笑，装作不知。台上红衣对着蓝衣唱：相公啊，我等你，山无陵，江水为竭，冬雷震震，夏雨雪，天地合，乃敢与君绝。她的眼眶里，慢慢溢出泪，牵拉的手，上上下下，左左右右。心在那一条条细线上，滑翔宕荡，疼得慌。

他见不得她脸上贴着胶布。每看到，浑身的肌肉会痉挛。他烦躁不安地在后台转啊转，指指自己的脸，再指指她的脸，意思是问，疼吗？她笑着摇摇头。等到舞台布置好了，回头却不见了他的踪影。去寻，却发现他在剧场后的小院子里，正对着院中的一棵树擂拳头，边擂边哭。她站在两米外，心里的琴弦，被弹拨得咚咚咚。耳畔响起红衣的那句台词：冬雷震震，夏雨雪，天地合，乃敢与君绝。

白日光照着两个人。风不吹，云不走，天地绵亘。

不是没有女孩喜欢他。有个圆脸女孩，一笑，嘴两边现出两个浅浅的酒窝。那女孩常来看戏，看完不走，跑后台来看他们收拾道具。她很中意那个女孩，认为很配他。有意撮合，女孩早就愿意，说喜欢听他拉胡琴。他却不愿意。她急，问，这么好的女孩你不要，你要什么样的？他看着她，定定地。她脸红了，低头，佯装没懂，嘴里说，我再不管你的事了。

以为白日光永远照着，只要幕布拉开，红衣与蓝衣，就永远在台上，演绎着他们的爱情。然而某天，剧场却冷清了，无人再来看木偶戏。出门，城中高楼，一日多于一日。灯红酒绿的繁华，早已把曾经的"才子"与"佳人"淹没了。剧场经营不下去了，先是把朝街的门面租出去，卖杂货卖时装。他们进剧场，要从后门走。偶尔有一两所小学校，来包木偶戏给孩子们看。孩子们看得索然无趣，他们更愿意看动画片。

剧场就这样，冷清了。后来，剧场转承包给他人。剧团也维持不下去了，解散了。解散那天，他执意要演最后一场木偶戏。那是唯一一场没有观众的演出,他与她,却演得非常投入,牵拉弹转,分毫不差。台上红衣唱:冬雷震震,夏雨雪,天地合,乃敢与君绝。她和他的泪,终于滚滚而下。此一别,便是天涯。

她回了家。彼时,她的男人也失了业,整日窝在十来平方米的老式平房里,喝酒浇愁。不得已,她走上街头,在街上摆起小摊,做蒸饺卖。曾经的金嗓子,再也不唱歌了,只高声叫卖,蒸饺蒸饺,五毛钱一只!

他背着他的胡琴,带着红衣蓝衣,做了流浪艺人。偶尔他回来,在街对面望她。阳光打在她的蒸饺摊子上,她在风中凌乱了发。他怅怅望着,中间隔着一条街道。咫尺天涯。

改天,他把挣来的钱,全部交给熟人,托他们每天去买她的蒸饺。他舍不得她整天站在街头,风吹日晒的。就有一些日子,她的生意,特别的顺,总能早早收摊回家。——他能帮她的,也只有这么多。

入冬了。这一年的冬天,雪一场接一场地下,冷。她抗不住冷,晚上,在室内生了炭炉子取暖。男人照例地喝闷酒,喝完躺倒就睡。她拥在被窝里织毛线,是外贸加工的。

冬天，她靠这个来养家糊口。不一会儿，她也昏昏沉沉睡去了。

早起的邻居来敲门，她在床上昏迷已多时。送医院，男人没抢救过来，死了。她比男人好一些，心跳一直在。经过两天两夜的抢救，她活过来了。人却痴呆了，形同植物人。

起初，还有些亲朋来看看她，在她床前，叫着她的名字。她呆呆地看着某处，脸上无有表情，不悲不喜——她不认识任何人了。大家看着她，唏嘘一回，各自散去，照旧过各自的日子。

没有人肯接纳她，都当她是累赘。她只好回到八十多岁的老母亲那里。老母亲哪里能照顾得了她？整日里，对着她垂泪。

他突然来了，风尘仆仆。不过五十多岁出头，脸上身上，早已爬满岁月的沧桑。他对她的老母亲"说"，把她交给我吧，我会照顾好她的。

她的哥哥们得知，求之不得，让他快快把她带走。他走上前，帮她梳理好蓬乱的头发，给她换上他给她买的新衣裳，温柔地对她"说"，我们回家吧。三十年的等待，他终于可以在光天化日之下，牵起她的手。

　　他再也没有离开过她。他给她拉胡琴，都是她曾经喜欢听的曲子。小木桌上，他给她演木偶戏。他的手，已不复当年灵活，但牵拉弹转中，还是当年好时光：

　　悠扬的胡琴声响起，厚厚的丝绒幕布缓缓掀开，红衣披着大红斗篷，蓝衣一袭蓝衫，湖畔相遇，花园私会，眉眼盈盈。锦瑟年华，一段情缘，唱尽前世今生。

佳句
精选

◇◇ 她的眼眶里，慢慢溢出泪，牵拉的手，上上下
下，左左右右。心在那一条条细线上，滑翔宕
荡，疼得慌。

◇◇ 她和他的泪，终于滚滚而下。此一别，便是
天涯。

◇◇ 阳光打在她的蒸饺摊子上，她在风中凌乱了发。
他怅怅望着，中间隔着一条街道。咫尺天涯。

◇◇ 悠扬的胡琴声响起，厚厚的丝绒幕布缓缓掀开，
红衣披着大红斗篷，蓝衣一袭蓝衫，湖畔相遇，
花园私会，眉眼盈盈。锦瑟年华，一段情缘，唱
尽前世今生。

老了说爱你

婆婆是公公用独轮车娶回家的。

我见过那架独轮车，放在堆杂物的屋子里，灰头土脸，埋在一堆杂物中。公公几次要把它劈了当柴火烧，都被婆婆拦下了。婆婆如花的年华，刻在上头，哪一次回忆起来，不是唏嘘半天的？

是父母之命、媒妁之言，两个不曾见过面的青年男女，定下亲事。迎娶日那天，公公推着独轮车，来接婆婆。婆婆大哭着不肯上独轮车，她设想过婚礼的种种，却没想到，原来是这样的简陋与不堪。一路之上，独轮车吱吱呀呀，婆婆的一颗心，被碾得七零八落。

穷家里，家徒四壁。新媳妇第一顿饭就犯了愁，拿碗去米缸里舀米，米缸里空空如也。她只好提着篮子去野地里挖野菜，才出门，眼里的一泡泪，落得缤纷。可嫁鸡随鸡、嫁狗随狗，这日子，总得过下去。

很快有了孩子，一个接一个。五个孩子，一字排开，五张小嘴，朝着婆婆要饭吃。上个世纪六十年代，地里面长出的杂草，远比庄稼多。公公说，还是我出外找生路吧。哪里找？海里面找。家的东边，就是大海，海里面有鱼有虾。公公跟了一帮渔民上船，东漂西泊，历尽风浪。这一漂泊，就漂泊了大半辈子。

一个家，全靠婆婆支撑了。她推着独轮车，带上两个最小的孩子，去荒地里割草挣口粮。心里记挂着海上作业的公公，一听到海里面死了人，那心，就提到嗓子眼上。人疯了般地跑。跑哪里去呢？不知道。只知道东边是大海，就往海边跑。半路上，遇到公公回归，公公骂，你慌什么慌？婆婆腿一软，跪倒在地，哭叫一声，吓死我了。

寻常日子，聚少离多，心里面有牵挂，见了面，却没有过多的温情。都是不善言语表达的人，又都是急性子，这一个的心思，那一个不明白。那一个的心思，这一个糊涂着。所以见了面，两人常常三句话不投扣，就吵得鸡飞狗跳的。吵得最厉害的时候，闹过离婚。

不知不觉，儿女们都大了。不知不觉，当年坐着独轮车出嫁的婆婆，已银丝满头。五十多年的婚姻，半辈子的聚散离合，到这时，归于宁静。老了的两个人，谁也离不开谁了，一个才出门不久，另一个就满屋子找，常看到这样的景象：两个鬓发皆白的老人，一前一后走在大街上，一般是公公走在前面，婆婆在后面跟着。阳光静静洒落在他们中间，小鱼般地跳跃着。

两个人亦有着说不完的话，躺着说，坐着说，走着说，甚至在饭桌上，也还在说。说的无非是街头巷尾一些芝麻蒜皮的小事儿，昨天说过的，今天他们还拿出来说，百说不厌。一次，说话之间，公公夹了一筷子菜放到婆婆碗里，是婆婆爱吃的炒鸡蛋。婆婆先是一愣，脸继而红了，她不好意思地左右看看我们，佯嗔道，谁要你揞啊？但筷子却早已将那菜夹起，送到嘴里。嘴边的皱纹，跟着水波样地漾开来。

傍晚没事的时候，他们一前一后倚到阳台上看天，一看大半天。天有什么可看的呢？这让我奇怪。我撞了去，听到婆婆轻声在说，起风了。公公轻声应道，是啊，起风了。婆婆接着说，你听，那风吹的。我好笑地循了婆婆所说的方向去看，并没有看到起风的迹象。但公公却接了婆婆的话说，是啊，那风吹的。两个人脸上，都挂着一团的笑。

佳句 精选

◇◇ 一路之上，独轮车吱吱呀呀，婆婆的一颗心，被碾得七零八落。

◇◇ 两个鬓发皆白的老人，一前一后走在大街上，一般是公公走在前面，婆婆在后面跟着。阳光静静洒落在他们中间，小鱼般地跳跃着。

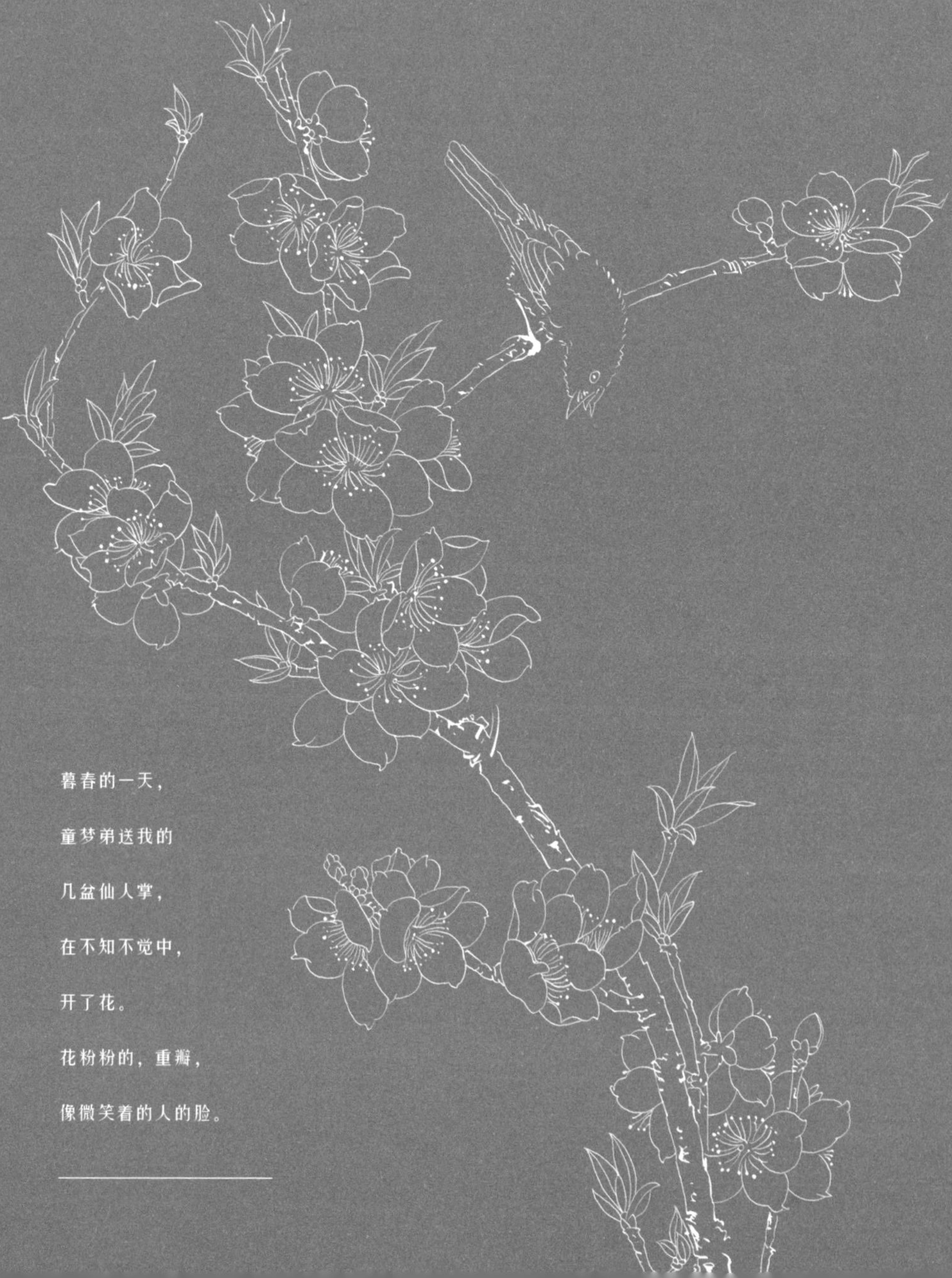

暮春的一天，

童梦弟送我的

几盆仙人掌，

在不知不觉中，

开了花。

花粉粉的，重瓣，

像微笑着的人的脸。

相见欢

仙人掌不哭泣

落日下的
画画人

他曾是一个流动乐团的台柱子。说是乐团，不过由三五个无业青年凑成，都会玩点儿乐器，都能吼上两嗓子。一日，聚一起闲聊，一人突然眼睛亮亮地看着他说："我们组个乐团吧，你主唱，我伴奏，准能挣大钱。"他在家里正闷得慌，随口答应："好啊。"

乐团很快建起来。他挑了些歌，都是能唱出人的眼泪来的，随便演练了一下，就上阵了。

演出地点选在人多的广场。一人做了一个大的募捐箱带上，他有异议："搞募捐不好吧？"那人开导他："我们一不偷，二不抢，人家愿意捐就捐，不愿意捐，我们也不勉强，有什么不好呢？"他想想，也是。自己安慰自己，我这也是靠劳动吃饭的。

首场演出，他们大获成功，比预想的还要成功。起初，也只是三两个人，站着听他唱。后来，听的人越聚越多，里三层外三层，把他围在中间。不少人歌未听完，就走到募捐箱前，五块、十块地往里面投。他左一声谢谢，右一声谢谢，更拨动了人们心中柔软的弦，捐款的人，越来越多。连平时节俭得不得了的老大妈，也从贴身口袋里，掏出钱来，投进募捐箱去，一边唏嘘着对他说："孩子，你休息一会儿吧。"

那一天，他们收工回去，把募捐箱的钱倒到床上数，居然数出三千多块。这大大鼓舞了他们。他们决定扩大范围，一个城一个城地，巡回演出。等把全国走一圈下来，他们肯定能弄成个百万富翁。

这样的设想，让他兴奋。从此，他更投入地频频登台，即使寒风当头，他也坚持穿很少的衣服，裸露着他的双腿。

那天，在街头一角，他正卖力地唱着歌，一个小女孩，突然走到他跟前，大眼睛忽闪忽闪地，盯着他裸露的双腿看，而后抬头问："叔叔，你疼吗？"

他一下子愣住了，眼睛不由自主地落到自己的腿上，那儿，两团红肉，触目惊心。年少时的一场交通事故，他被迫锯掉双腿。从那时起，他收获过许多的同情和怜悯，却少有人问过他疼不疼。

他慌张地"唔"了声。小女孩朝他举起手里的棒棒糖，努力举到他嘴边："叔叔，你吃，你吃了糖，就不疼了。"

那一刻，深深的羞耻感，潮水一般地淹没了他。用自己的残缺，一次又一次，博取他人的同情，尤其是面对一个纯真的孩子，他觉得自己可耻。

他不顾同伴的劝阻，毅然退出了乐团，在街头，他支起画架，帮人画速写。明码标价，一张速写五块钱。顾客稀疏，生意总是清淡，但他不急不躁，稳坐着。没顾客的时候，他画街景，一棵树，一朵花，一个人，在他笔下，绿着，艳着，欢笑着。心底踏实。

他是我很好的朋友。我看见他时，他穿着长的风衣，把自己伪装得很好，看上去和健全人没什么两样。我在他的摊头，画了一张速写。我放下五块钱，他微笑着收下。他说，身体可以残缺，但心不能。

落日下，我回过头去，他正低头在纸上画画，安静，恬然。他的身上，镀着落日的金粉，散发出动人心魄的光芒。

佳句精选

◇◇ 从那时起，他收获过许多的同情和怜悯，却少有人问过他疼不疼。

◇◇ 他画街景，一棵树，一朵花，一个人，在他笔下，绿着，艳着，欢笑着。心底踏实。

◇◇ 落日下，我回过头去，他正低头在纸上画画，安静，恬然。他的身上，镀着落日的金粉，散发出动人心魄的光芒。

口
红

女人想要一款口红，想好久了。

玫瑰红的。女人看见来她地摊前的女顾客唇上，抹着那种色彩的口红。女顾客的嘴唇看上去娇嫩欲滴，像两瓣玫瑰花。女人的眼光扫过去，就移不开了。

女人后来又在不同的女顾客唇上，看到了那种红，娇嫩的，鲜艳的。

女人也想这么鲜艳一回。

大半辈子过下来，女人一直生活在困苦、奔波和忙碌中。少时家贫，家里兄弟姐妹多，不用说口红，连吃穿都成问题。待到长大成人，嫁了人，男人与孩子，又成了女人的天，女人围着他们团团转，根本没有心思去妆扮。孩子稍大一些，女人和男人，双双下了岗，当务之急，是解决生存问题。口红？女人压根儿就没想过这回事。后来，男人去开出租，女人摆了地摊，卖些杂七杂八的小物件，补贴家用。

女人的摊子，摆在一条街道边。那里，有一溜儿排开的摊子，卖水果的，卖服装的，卖烧烤的，卖小炒的，烟火凡尘，熙熙攘攘。摊主大多数是些中年妇女，她们衣着随便，皮肤黝黑，看上去比实际年龄大许多。女人看见她们，就望见自己，她在心里叹一口气，想要那款口红的欲望，越发强烈了。

这辈子，女人就想鲜艳一回。

很快，女人的生日到了。男人问："想要什么？"

女人没好意思说要口红。女人怕吓着男人，摆地摊与抹口红是不搭界的。何况，她年纪已是一大把了。

女人却无法放下对那款口红的惦念。

女人终于鼓起勇气走进商场。

在化妆品柜台，她一眼就看到了那款口红。千真万确，就是它，玫瑰红的！它立在化妆品柜台的货架上，和其他口红一起，款款着，鲜艳娇嫩，等着嘴唇来与它相亲。

女人激动了，她在商品架旁不停地打转，怕别人瞧见了笑话，她只能看一眼那款口红，再看一眼别的化妆品。卖化妆品的女孩，甜甜蜜蜜地朝她走过来，涂得鲜红的两片小嘴唇，轻轻启开："阿姨，您想买什么？"

女人盯着女孩两片嘴唇看，慌了，伸手一指："我想要点凡士林，天天风里吹的，手都裂了小口子了。"

女孩粲然笑了："阿姨，我们这里不卖凡士林的，要不，您去超市看看？超市可能有。"

女人尴尬地"哦"了一声，红了脸，退出门去。心却不甘，她在大门口徘徊半天，终又再次走进商场。

这回，女人直奔那款口红去了。女人未等卖化妆品的女孩开口，就指着那款口红说："我想买……这个，送给我女儿。"女人撒了谎，她只有一个儿子，并无女儿。

口红的价钱，超出女人的想象，要一百多块呢。女人还是买下它。

女人揣着口红回到家，立即对着镜子，在唇上抹开了。镜子里她的双唇，多像两瓣玫瑰花啊。女人独自欣赏了会儿，拿纸巾，轻轻擦掉。

出门，女人继续去摆她的地摊，容光焕发的。和她相邻摆水果摊的妇人，盯着女人的脸看半天，讶异道："你今天的气色真好。"

女人笑了。因为心上装着一款口红，整个人，竟不一样了。女人想，以后每天都这么抹两下子，美给自己看。

佳句精选

◇◇ 这辈子，女人就想鲜艳一回。

◇◇ 它立在化妆品柜台的货架上，和其他口红一起，款款着，鲜艳娇嫩，等着嘴唇来与它相亲。

◇◇ 镜子里她的双唇，多像两瓣玫瑰花啊。

◇◇ 因为心上装着一款口红，整个人，竟不一样了。女人想，以后每天都这么抹两下子，美给自己看。

笔缘

　　我是被他店里的古朴吸引住的。

　　店门口，青花蓝布之上，悬一支特大号的毛笔。笔杆是用青花瓷做的。谁舍得用这笔来写字啊，得收着藏着才是。

　　这是边陲古镇。一街的鼎沸之中，它仿佛一座小岛，安静得不像话。

　　我也才从那大红大绿的热闹中走过来。看见这店，身旁的大红大绿全都走远了，喧闹声响也都走远了，人自觉静了。

　　怎么能不静？看他，静静的一个人，像支悬在墙上的狼毫。白衬衫，褐色皮围裙，戴一顶卡其帆布帽，安坐于店堂口，手握镊子，膝上摊一堆说不上是什么动物的毛，一根一根地拣。他每拣一根，都要对着光亮处仔细看一下，分辨出毛的成色、锋颖、粗细、直顺等等。复低头，再拣。这样的动作，他不厌其烦地做，一做十五年。

店堂狭窄，只容一人过。两边墙壁上，悬着字画。笔架上，各色各样的毛笔，或插着，或悬着，或躺着。有长有短，有粗有细，总有成百上千支吧。这些，全都出自他的手。一根毛一根毛地挑出来，然后，浸泡于水中，用牛角梳慢慢梳理，去绒、齐材子、垫胎、分头、做披毛，再结扎成毫。他说，做成一支毛笔，要一百二十道工序，每一道，都马虎不得。

从前他不是做笔的。他父亲是。他父亲的父亲也是。算是祖传了。父亲做笔，名声很大，方圆几百里，都叫得响。有个顶有名的书法家，专程跑上几百里，来买他父亲做的笔，一买几十年。书法家说，不是他父亲做的笔，那字，就不成字了，总也写不出那种味道来。

父亲临终前，难咽气，说断了祖宗手艺。他当时在一家机械厂任职，还是个副厂长呢，多少人羡慕着啊。可是，为了让父亲能闭上眼睛上路，他选择了辞职，拿起镊子和牛角梳。

这一做，就放不下了。说是热爱，莫若说是习惯了吧。每天早上醒来，他总要摸摸镊子和牛角梳，再把室内所有的笔，都数望一遍，才安心。这种感情，不能笼统地说成执着或是热爱。它是什么呢？就好比你饿了要吃饭，你渴了要喝水，你打个喷嚏会流眼泪，就这样自然而然的。哎呀，说不清啦，最后他这么说。

他辗转过不少地方，带着他的手艺。我这卖的不是笔，卖的是懂得，他强调。现在，能静下心来写字画画的人少，懂得欣赏这种手工艺的行家，更少了。他来到这边陲小镇，一年四季观光客不少，也总能碰上一两个懂笔的知己。所以，他住了下来。有个安徽的书法家，跟他订制了十万块钱一支的羊毫。那得在上万只羊身上，挑出顶级中的顶级的毛，没有任何杂质，长短色泽粗细都一样。他为做这支羊毫，花费了大半年时间。

遇到懂它的人，值！他笑了。房租却越来越贵，原来的店铺有两大间呢，宽敞明亮的，好着呢。现在只剩下这么一小间了，他说。

　　他有两个孩子，一儿一女，都念初中了。孩子却对做笔没兴趣，有时放学回来，他让他们帮着拣拣毛，他们却弄得乱七八糟的。坐不住哇。做这个，得耐得住性子，还要耐得住寂寞。

　　他姓章，叫章京平。江西人。他在他做的每支笔上，都刻上了他的名字。

　　我不懂笔。但我还是问他买了两支，八十块钱一支。笔杆上，镶了一圈青花瓷，很典雅。我带回来，插在书房的笔筒中，外面的桂花或是梅花，开得正好的时候，我会掐一两枝回家，和这两支毛笔插在一起。

佳句

精选

◇◇ 一街的鼎沸之中，它仿佛一座小岛，安静得不像话。

◇◇ 身旁的大红大绿全都走远了，喧闹声响也都走远了，人自觉静了。

◇◇ 我这卖的不是笔，卖的是懂得，他强调。

蓝色
的蓝

　　她报出她的姓时，我们都讶异极了。"蓝，蓝色的蓝。"她笑着说，红唇鲜艳。继而介绍她的名，居然单单一个字，蓝。她的名字，蓝蓝。那会儿，我们正站在蓝蓝的湖边，蓝蓝的天空倒映在湖中，如一大块蓝玉。她的名字，应和了眼前景。如此诗意，真是让人妒忌得很。

　　我们一行人游西藏，她是半道上加进来的。之前，她一个人已游完拉萨，还在一家医院里，做了一天的义工。"也没做什么啦，就是帮人家拿拿接接的。"她满不在意地大笑起来，灿若一朵木棉花。五十多岁的人，看上去不过四十出头，靓丽明艳。小导游喊同团稍上年纪的女人"阿姨"，却叫她，蓝蓝姐。她乐得眉毛眼睛都在笑。

我们都羡慕她的明媚和精气神。几天的西藏行走，我们早已疲惫不堪，高原反应也还在折磨着，一个个看上去灰头土脸的，她却饱满得如枝叶葱茏。"你真不简单。"我们由衷地夸。她听了，哈哈大笑，开心极了。

她爱笑，热情，说话幽默。一团的人，分别来自不同地方，彼此间有戒备，一路上都是各走各的，少有言语。她的到来，恰如煦风吹过湖面，泛起浪花朵朵。众人受她感染，都变得活泼起来亲切起来，有说有笑的。原来，都不是冷漠的人哪。

很快地，她跟全团的人混熟了。这个头疼，她给止疼药。那个腹泻，她给止泻药。有人削水果，不小心被刀划破了手，她伸手到口袋里一掏，就掏出几枚创可贴来。仿佛她会变魔术。大家对她敬佩和感激得不得了，她却轻描淡写地说："这没什么，我只不过多备了点常用药。"

西藏地广路遥，一个景点到另一个景点，往往相距一两千里，要翻越许多座山，涉渡许多条河。天未亮，我们就摸黑上路，所有人都睡眼惺忪，根本来不及收拾自己，只把自己囫囵塞进车子了事。她却披挂完整，眼影、眉线、口红，样样不缺，妆容精致，光彩灼灼，跟画里的人似的。我们忍不住看她一眼，再看一眼，心里生出无限的感喟与感动来。

知道她的故事，是在纳木错。

面对变幻无穷风光诡异的圣湖，她孩子一样地欢呼奔跑，然后，突然双膝跪下，泪流满面。我们都吓一跳，正愣怔着不知怎么办才好时，听到她喃喃地说："感谢上帝，我来了。"

原来，她身患绝症已两年。医生宣判的那会儿，她只感到天崩地裂。她在意过很多，得失名利，都曾是她生命的主题曲。她玩命地去争，甚至因此忽略了家庭，让自己憔悴不堪。当她知道自己的生命，只剩下短短三个月时，曾经双手紧握着的那一些，都成浮云，她只要自己能活。

她开始重新打理自己的生活。养花种草。出门旅游。还常常去做义工。生命变得充盈起来。每天清晨睁开眼，看到窗外的一缕阳光，她的心里总会腾起一阵欢喜，"感谢上帝，我又拥有一天！"她把每一天，都当作是崭新的，是重生。所以，心中时时充满感激。她活过了医生断言的三个月。活过了一年。活过了两年。还将活下去。

我们听得涟漪四起。生命本是如此珍贵，当爱惜。我们不再说话，一起看湖。眼睛里，一片一片的蓝，相互辉映交融。那是湖的蓝，天的蓝。广阔无垠。

佳句
精选

◇◇ 那会儿，我们正站在蓝蓝的湖边，蓝蓝的天空倒映在湖中，如一大块蓝玉。

◇◇ 每天清晨睁开眼，看到窗外的一缕阳光，她的心里总会腾起一阵欢喜，"感谢上帝，我又拥有一天！"她把每一天，都当作是崭新的，是重生。

◇◇ 我们不再说话，一起看湖。眼睛里，一片一片的蓝，相互辉映交融。那是湖的蓝，天的蓝。广阔无垠。

穿旗袍的女人

　　六年前，我在一个小镇住。小镇上有个女人，三十多岁的模样，无职业，平时就在街头摆个摊，卖卖小杂物，如塑料篮子瓷钵子什么的。

　　女人家境不是很好，住两间平房，有两个孩子在上学，还要侍奉一瘫痪的婆婆。家里的男人也不是很能干，忠厚木讷，在一工地上做杂工。这样的女人，照理说应该是很落魄的，可她给人的感觉却明艳得很，每日里在街头见到她，都会让人眼睛一亮。女人有如瀑的长发，她喜欢梳理得纹丝不乱，用发夹盘在头顶上。女人有颀长的身材，她喜欢穿旗袍，虽然只是廉价的衣料，却显得款款有致。她哪里像是守着地摊赚生活啊，简直是把整条街当成她的舞台，活得从容而优雅。

一段时期，小街人茶余饭后，谈论得最多的就是这个女人。男人们的话语里带了欣赏，觉得这样的女人真是不简单。女人们的言语里却带了怨怼，说："一个摆地摊的，还穿什么旗袍！"隔天，却一个一个跑到裁缝店里去，做一身旗袍来穿。

女人不介意人们的议论，照旧盘发，穿旗袍，优雅地守着她的地摊，笑意姗姗，周身散发出明亮的色彩。这样的明亮，让人没有办法拒绝，所以大家有事没事都爱到她的摊子前去转转。男人们爱跟她闲聊两句，女人们更喜欢跟她讨论她的旗袍，她的发型。临了，都会买一件两件小商品带走，心满意足地。

几年后，女人攒足了钱，再贷了一部分款，居然就买了一辆中巴车跑短途。她把男人送去考了驾照，做了自家中巴车的司机。她则随了车子来回跑，热情地招徕顾客。在来来去去的风尘之中，她照例是盘了发，穿着旗袍，清清丽丽的一个人。她的车也跟别家的不同，车里被她收拾得异常整洁，湖蓝色的坐垫，淡紫色的窗帘，给人的感觉就是雅。所以小镇人外出，都喜欢乘她的车。

她的日子渐渐红火起来，却不料，很意外地出了一起车祸。所赚的钱全部赔进去了，还搭上一辆车和几十万的债务。她的腿部也受了很重的伤，躺在医院里，几个月下不了床。小镇人都说："这个穿旗袍的女人，这下子倒下去是爬不起来的了。"

可是半年后，她却在街头出现了，干着从前的老本行——摆地摊，卖些杂七杂八的日常生活用品。她照例盘发，穿旗袍。腿部虽落下小残疾，但却不妨碍她把脊背挺得笔直，也不妨碍她脸上挂上明亮的笑容。

我离开小镇那年，女人已不再摆地摊了，而是买了一辆出租车在开。过两年，小镇有人来，问及那个女人。小镇人说："她现在发达了，家里有两辆车子，一辆跑出租，一辆跑长途。"最近又听小镇人说，女人新盖了三层楼房。我问："她还盘发吗？还穿旗袍吗？"小镇人就笑了，说："如果不盘发，不穿旗袍，她就不是她了。真的呢，她还跟从前一样漂亮，一点没见老。"

这样的女人，是应该永远活得如此高贵的，是从骨子里透出来的那种高贵，什么样的艰难困苦也湮没不了她。

佳句

精选

◇◇ 她哪里像是守着地摊赚生活啊，简直是把整条街
当成她的舞台，活得从容而优雅。

◇◇ 这样的女人，是应该永远活得如此高贵的，是从
骨子里透出来的那种高贵，什么样的艰难困苦也
湮没不了她。

放风筝

女人想放风筝。

三月天，阳光温暖得像开了花。南来的风，渐渐变得柔软起来温情起来，抚摸着每一个路过的人，抚得人的骨头都发了酥。女人的心里，生出一根长长的藤蔓来，朝着风里长啊长：这样的风，多适合放风筝啊。

是打小就有这个愿望的，要在三月的风里，尽情地放一回风筝。女人的父亲过世得早，母亲又体弱多病，她是家里长女，早早承担起养家的责任。女人清楚地记得，那个时候，也是三月天，桃花一枝一枝的，在人家屋前绽放。风轻轻拍打着村庄。弟弟妹妹们拿了破牛皮纸，糊在竹片上，制作成简易的风筝，在田埂边放飞，快乐的叫声震天震地。女人也只是远远瞟一眼，羊还在等着吃草，母亲的药还在等着煎，她哪有那份闲空和闲情呢？

也终于等到弟弟妹妹们长大，女人这才卸下肩上的担子。这时候，女人也到了谈婚论嫁的年龄，收拾一番，她把自己嫁了。所嫁之人也不富裕，常年在外打工，她守着家，操持着家务和农活。曾经放风筝的愿望，就这样，被丢进了岁月深深处。

后来，女儿出生了，女人的全部心思，放到了女儿身上。女儿是幸运的，每年三月，男人都会给女儿买一只风筝回来。女人看风筝的眼睛，不自觉地就会汪上一汪水。多漂亮的风筝啊，像花蝴蝶呢，女人在心里叹。忍不住伸出手来，把风筝摸了又摸。

男人根本没留意女人的眼光，男人说，我陪孩子去放风筝，你把我包里的脏衣服洗一下。男人每次回家，都要拎回一大包脏衣服。女人抚风筝的手，就缩了回去。女人答应一声，好。转身拿了澡盆，泡上脏衣服。

女人蹲在水池边，心不在焉地洗着男人的衣服。肥皂的泡沫，浸到她的眼睛里，女人抬手抹了抹，眼泪就跟着下来了。女人觉得委屈，却又不知道委屈什么。她抬头，看见女儿在田埂边拍手跳，看见男人手里的"花蝴蝶"，飞上天了，越飞越高，越飞越高。女人就又笑起来，只要女儿快乐，就好。

女儿大了，外出读书，后留在城里，有了自己的天地。男人也不用再外出打工了，他回到家里，陪女人种地，养些鸡鸭鹅的。家里虽仍不富裕，但吃穿不愁了。女人突然松懈下来，在大把的时间里发呆，曾经以为湮灭掉的愿望，开始在她心里泛着泡泡儿，让她不得安神。

又是三月天，女人忽然对男人说，我想放风筝。

放风筝？男人笑了，以为女人在开玩笑。都五十来岁的人了，怎么想玩小孩子玩的玩意儿？这不让人笑话么！男人就说，好端端的，放什么风筝呢。

女人执拗地说，我就是想放风筝。

男人看看女人，再看看女人，女人的神情，不像是开玩笑的。男人心里"咯噔"了一下，男人依稀记起以前女人看风筝的样子，目光湿湿的。是他疏忽了，女人原来有着风筝情结的。

男人跑去买了一只蝴蝶大风筝，丝绢做的，花花绿绿的。女人牵着"花蝴蝶"，在田埂边放。"花蝴蝶"飞上天了，女人的心，跟着飞上天。能这么放一回风筝，这辈子没白活，女人扯着风筝的线，笑了，幸福地想。

远远近近的人，都停下来看。他们不看风筝，看放风筝的女人。四野安静，头上已霜花点点的女人，成了一道风景。

佳句
精选

◇◇ 南来的风，渐渐变得柔软起来温情起来，抚摸着每一个路过的人，抚得人的骨头都发了酥。女人的心里，生出一根长长的藤蔓来，朝着风里长啊长：这样的风，多适合放风筝啊。

◇◇ 远远近近的人，都停下来看。他们不看风筝，看放风筝的女人。四野安静，头上已霜花点点的女人，成了一道风景。

她不是一棵树

　　我是在丽江古城看到那个女人的，靛蓝的大褂，靛青的裤，腰系百褶围腰，典型的纳西族装扮。女人很老了，皮肤松弛，多皱褶。她盘腿坐在一方檐下，守着一堆绣花鞋垫，对着熙来攘往的人，风吹不动。像丽江河畔的一方石，抑或檐上的一块砖，身边的一个热闹世界，都与她无关的。她的身上，充满无法言说的古朴和沧桑。

　　我承认，这样的沧桑，深深打动了我。我身边的游人，亦有停下来看她的，他们在她的鞋垫面前弯下腰去，看看，并不买。抬头就是一爿店，更精美的东西，里面多的是。

　　我举起手里的相机。飞起的檐，赭色的木门，檐下的红灯笼，还有这个老妇人，这实在是个很不错的画面。我甚至想过，如果拍摄效果好，我要把它放进我的游记里当插图。就在这时，突然从人群里冲出一个小孩儿来，小孩儿七八岁，黑，且瘦。他斜背着一个网兜兜，里面横七竖八躺着一些空饮料瓶。小孩儿几步就冲到檐下的老妇人跟前，伸出胳膊挡在前面，眼睛亮亮地对着我，口齿伶俐地说，不许拍！

　　我吃了一惊，没明白过来，我说怎么了？手里依然举着相机。

　　小孩儿一看，急了，直视着我，再次强调，不许拍！她不是一棵树！

　　我愣住了。这是我万万没想过的。是啊，她不是一棵树呢，我怎么可以随便拍？我放下举起相机的手，对小孩儿抱歉地笑了笑。小孩儿松了一口气，却仍盯着我，仿佛怕我偷拍。

　　我看他实在可爱，开玩笑地问他，那么，我可以拍你吗？

　　他眼睛滴溜溜地转了转，回答得倒爽快，说，可以。不过，他伸手一指老妇人脚边的五颜六色，坏坏地笑，说，你得先买一双老奶奶的鞋垫。

我问，为什么呢？

他答，因为你刚才侵犯了她，算是向她道歉。

我笑，照他说的做了。他很高兴，挺配合地让我给他拍了一张照。我故意问他，你也不是一棵树呀，为什么让我拍？

因为你问过我可不可以呀，小家伙响亮地答。而后跑进人群里，像条小泥鳅似的，转瞬不见了踪影。

我愣在那里，为一颗小小的心里驻着的尊严。

这以后，我又去过很多地方，但不管到了哪里，我都不会再轻易把别人捉进我的镜头。因为，她不是一棵树，我没有权利侵犯她。

佳句

精选

◇◇ 她盘腿坐在一方檐下，守着一堆绣花鞋垫，对着
熙来攘往的人，风吹不动。像丽江河畔的一方
石，抑或檐上的一块砖，身边的一个热闹世界，
都与她无关的。

◇◇ 这以后，我又去过很多地方，但不管到了哪里，
我都不会再轻易把别人捉进我的镜头。因为，她
不是一棵树，我没有权利侵犯她。

萝卜花

　　萝卜花是一个女人雕的，用料是胡萝卜，她把它雕成一朵一朵月季的模样，花盛开，很喜人。

　　女人在小城的一条小巷子里摆摊，卖小炒。女人卖的小炒只三样：土豆丝炒牛肉，土豆丝炒鸡肉，土豆丝炒猪肉。一个小气罐，一张简易的操作平台，木板做的，用来摆放锅碗盘碟，女人的小摊子就摆开了。

　　女人三十岁左右，瘦，皮肤白皙，长头发用发夹别在脑后。惹眼的是她的衣着，整天沾着油锅的，应该很油腻才是，却不。她的衣着极干净，外面罩着白围裙，白得纤尘不染。衣领那儿，露出里面的一点红，是红毛衣，或红围巾的红。过一会儿，白围裙有些脏了，她就换下来——她手边备着好几套。

让人惊奇且欢喜的是，女人每卖一份小炒，必在装给你的碗里，放上一朵她雕的萝卜花。这样才好看，女人笑着说。

不知是因为女人的干净，还是她的萝卜花，女人的摊前总围满人。五块钱一份小炒，大家都很有耐心地等着。女人不停地翻炒，装盘，放上一朵萝卜花。于是，一朵一朵的萝卜花，就开到了人家的饭桌上。

我也去买女人的小炒，去的次数多了，跟女人渐渐熟了，知道了她的故事。

原先有个殷实的家，男人是搞建筑的。一次意外中，男人从尚未完工的高楼上摔下来。女人倾尽家里所有，才抢回男人的半条命。

接下来的日子怎么过？年幼的孩子，瘫痪的男人，女人得一肩扛一个。她考虑很久，决心摆摊卖小炒。有人替她担心，街上那么多家饭店和小排档，你卖小炒能卖得出去吗？女人想想，也是，总得弄点和别人不一样的东西。于是她想到了雕刻萝卜花。当她坐在桌旁，安静地雕着萝卜花时，她被自己手上的美好镇住了，一根再普通不过的胡萝卜，眨眼之间，竟能开出一小朵一小朵的花来。女人的心，充满了期待和向往。

就这样，女人的小炒摊子摆开了，很快成为小城的一道风景。一到饭时，大家不约而同相互招呼一声，去买一份萝卜花吧。也就都晃到女人的摊前来了。

一次，我开玩笑地问女人，攒很多钱了吧？女人笑而不答，麻利地翻炒着一锅土豆丝炒牛肉。一小朵一小朵的萝卜花，很认真地开在她手边。

一些日子后，女人竟盘下一家小酒店。她把瘫痪的男人接到店里管账，她负责配菜。女人依然衣着干净，在所有的菜肴里，依然喜欢放上一朵她雕刻的萝卜花。菜不但是吃的，也是用来看的呢，女人笑着说。眼睛亮着。一旁的男人，气色也好，没有半点颓废的样子。

女人的酒店，慢慢地出了名。大家提起萝卜花，都知道。

生活，也许避免不了苦难，却从来不会拒绝一朵萝卜花的盛开。

相见欢

佳句
___ **精选** ___

◇◇ 当她坐在桌旁，安静地雕着萝卜花时，她被自己
手上的美好镇住了，一根再普通不过的胡萝卜，
眨眼之间，竟能开出一小朵一小朵的花来。女人
的心，充满了期待和向往。

◇◇ 菜不但是吃的，也是用来看的呢，女人笑着说。
眼睛亮着。一旁的男人，气色也好，没有半点颓
废的样子。

◇◇ 生活，也许避免不了苦难，却从来不会拒绝一朵
萝卜花的盛开。

美女

我是在朋友任职的校园内碰到她的。

她胖，且黑，看不出实际年龄。却穿红着绿，耳边斜插着一朵花，花大红，艳若朝霞。其时，她手上提着一个蛇皮袋，正弯腰捡拾地上的废纸片。我虽知各地服饰有异，但这样的装扮，总还是有点奇怪的。

朋友那儿的人，似乎个个都认得她，大家对她的装扮习以为常，热情地跟她打招呼，"美女，你好啊。"他们这样叫。她不回话，只咧着嘴，笑嘻嘻看着喊她的人。

我的惊讶，是不言而喻的。朋友未及我问询，便笑着对我说："你很奇怪吧？她的名字，真的就叫美女。"朋友慢慢跟我道开了她的故事。

她天生智障，从小就没有完整地说过一句话。却爱美，喜欢穿红着绿，耳边终日不离一朵花。春插桃花，秋插菊。反正，季节里有什么花，她就插什么花。她起初也没名字，应是家里老三，姓顾，大家便都叫她顾呆三。她听见了，翻着白眼看着叫她的人，很不乐意。后来，有人开玩笑叫她美女，她听得欢喜，笑嘻嘻地应一声："哎。"那一声哎，脆脆的，字正腔圆。自那以后，大家便都叫她美女。她的姓，也渐渐被人忘了。

美女到达谈婚论嫁的年龄，嫁人了。男人家穷，娶不到媳妇，就把美女娶回家。美女竟很争气，很快给男人添了一个胖胖的儿子。儿子活泼可爱，能说会跳，智力完全正常。男人高兴坏了，寻思着外出赚钱，要为儿子的将来，好好积攒一笔财富。

男人先是去煤矿上做工，苦了几年，赚了第一笔辛苦钱，有了这笔钱打底，男人开始跑些小买卖，贩些袜子手套的来卖。几年后，男人竟盘下一辆二手货运车，搞运输。家里的日子，渐渐红火起来。大家都替美女高兴，看看，傻人有傻福，果真不假。

美女的儿子上小学的时候，男人出事了，货运车撞上路边的围栏，翻了下去。男人侥幸地捡回一条命，却全身瘫痪了。

美女面对这从天而降的灾祸，懵懂得很，她照旧穿红着绿，在耳边斜斜地插一朵花。却自然而然地，把一个家，给撑了起来。她天天提着一个蛇皮袋，去外面捡拾垃圾。她知道学校的垃圾最多，所以，每天都会来。大家同情她，都把废报纸废作业本给她留着。她开开心心收下，并不转身就走，而是埋头把他们的办公室，给打扫得干干净净的。美女以这样的方式，来回报他们。

有人给美女钱，她不肯要。给她吃的，她笑嘻嘻收下，自己不吃，用手紧紧捂着，带回去，给男人和孩子吃。她的男人瘫痪好几年了，还活得好好的。她的儿子，也快小学毕业了，成绩相当好。

佳句

精选

◇◇ 她胖，且黑，看不出实际年龄。却穿红着绿，耳边斜插着一朵花，花大红，艳若朝霞。

◇◇ 美女面对这从天而降的灾祸，懵懂得很，她照旧穿红着绿，在耳边斜斜地插一朵花。却自然而然地，把一个家，给撑了起来。

女人如花

她居然叫如花，王如花。别人唤她："如花，如花。"乍听之下，以为定是个有闭月羞花之貌的小女子。而事实上，她快五十岁了，人长得粗壮结实，脸上沟壑纵横。

最感染人的是她的笑，笑声朗朗，几里外可闻。我最初是因她的笑注意到她的，一群人中，她的笑，如金属相叩，叮叮当当。

门楣儿不惹眼，是一间旧房子，上悬一块木牌：家政服务中心。一屋的人，不知说起什么好笑的事，惹得她笑得上气不接下气。看到我在看她，她的笑并未停住，而是带着笑问："小妹子，你需要什么服务？"说话间，她已掏出她的名片，递到我跟前。

这委实让我吃一惊。低头看她的名片，"王如花"三个字，显目得很。底子上印一朵硕大的红牡丹，开得喜笑颜开。背面的字，密密的，从做家务活到护理人，她一一写上，似乎样样精通。当得知我只是需要清洁房子时，她手臂有力地一挥，爽朗地笑着说："这事儿简单，包在我身上，我保管帮你把房子打扫得连颗灰尘粒儿也找不着。"

当日，她就带了两个女人到了我家。一个年纪轻的，她说是她侄女，大学毕业了一直没找到工作。"干这个也挺好的，小妹子你说是不是？"她笑着问我。一个年纪稍大一些的，她说是她妹妹。"在家闲着也闲着，我让她来搭搭手。"她乐呵呵说。

我看看楼上楼下，这么大一个家，我充满疑虑，我说："你们行吗？"王如花哈哈大笑起来，她说："小妹子，你放心吧，我说行。"

她果真行。不到半天时间，我家里已大变样，窗明几净，地板光鉴照人。她额上沁满汗珠，笑声却一直没停过。她说："小妹子，我说个笑话给你听啊，有次我去一户人家，男主人叫人把煤气罐从楼下扛到六楼去，一看是我，他说，咋不叫个男的来？我说，我先试试。我扛了煤气罐就上了楼，他人跟后面追都追不上。"

跟我说起她的故事来，她也一直笑着。男人因病瘫痪在床，都十多年了。唯一的儿子，跟人学了坏，被判刑入狱，现在还待在牢里。她去探监，跟儿子说了这样一句：儿子，妈妈会陪你重活一次，就当重生养你一回。说得儿子眼泪汪汪。

她说："小妹子，我儿子会学好的。"

她说："只要人在，日子会好起来的。"

我点头。我说："我信。"

她的活干得利索，收费也公道。结完账，我把清理出的一堆废报刊，送给了她。她很开心，冲我朗声笑道："小妹子，以后你家里有事需要我，你只要打我名片上的电话，我保管随叫随到。一回生，二回熟，我们以后就是老朋友了。"

我因她那句老朋友的话，独自莞尔良久。

小城不大，竟经常遇到王如花。遇到时，她老远就送上朗朗的笑来，热情地跟我打招呼。有时，我在前面走着，突然听到后面的人群里，有人叫："如花，如花。"而后，我听到一阵笑声，如金属相叩，叮叮当当。不用回头，我知道那准是王如花，心里面陡地温暖起来，明媚起来。

佳句
__ 精选 __

◇◇ 一群人中，她的笑，如金属相叩，叮叮当当。

◇◇ 只要人在，日子会好起来的。

◇◇ 有时，我在前面走着，突然听到后面的人群里，有人叫："如花，如花。"而后，我听到一阵笑声，如金属相叩，叮叮当当。不用回头，我知道那准是王如花，心里面陡地温暖起来，明媚起来。

蔷薇几度花

喜欢那丛蔷薇。

与我的住处隔了三四十米远，在人家的院墙上，趴着。我把它当作大自然赠予我们的花，每每在阳台上站定，目光稍一落下，便可以饱览到它：细长的枝，缠缠绕绕，分不清你我地亲密着。

这个时节，花开了。起先只是不起眼的一两朵，躲在绿叶间，素素妆，淡淡笑。还是被眼尖的我们发现了，我和他几乎一齐欢喜地叫起来："瞧，蔷薇开花了。"

之前，我们也天天看它，话题里，免不了总要说到它。

——你看，蔷薇冒芽了。

——你看，蔷薇的叶，铺了一墙了。

我们欣赏着它的点点滴滴，日子便成了蔷薇的日子，很有希望很有盼头地朝前过着。

也顺带着打量从蔷薇花旁走过的人。有些人走得匆忙，有些人走得从容。有些人只是路过，有些人却是天天来去。想起那首经典的诗："你站在桥上看风景／看风景的人在楼上看你。"这世上，到底谁是谁的风景呢？你是我的，我也是你的，只不自知。

看久了，有一些人，便成了老相识。譬如那个挑糖担的。

是个老人。老人着靛蓝的衣，瘦小，皮肤黑，像从旧画里走出来的人。他的糖担子，也绝对像幅旧画：担子两头各置一匾子；担头上挂副旧铜锣；老人手持一棒槌，边走边敲，当当，当当当。惹得不少路人循了声音去寻，寻见了，脸上立即浮上笑容来，"呀"一声惊呼："原来是卖灶糖的啊。"

可不是么！匾子里躺着的，正是灶糖。奶黄的，像一个大大的月亮。久远了啊，它是贫穷年代的甜。那时候，挑糖担的货郎，走村串户，诱惑着孩子们的幸福和快乐。只要一听到铜锣响，孩子们立即飞奔进家门，拿了早早备下的破烂儿出来，是些破铜烂铁、废纸旧鞋等的，换得掌心一小块的灶糖。伸出舌头，小心舔，那掌上的甜，是一丝一缕把心填满的。

现在，每日午后，老人的糖担儿，都会准时从那丛蔷薇花旁经过。不少人围过去买，男的女的，老的少的，有人买的是记忆，有人买的是稀奇，——这正宗的手工灶糖，少见了。

便养成了习惯，午饭后，我必跑到阳台上去站着，一半为的是看蔷薇，一半为的是等老人的铜锣敲响。当当，当当当——好，来了！等待终于落了地。有时，我也会飞奔下楼，循着他的铜锣声追去，买上五块钱的灶糖，回来慢慢吃。

跟他聊天。"老头。"——我这样叫他，他不生气，呵呵笑。"你不要跑那么快，我们追都追不上了。"我跑过那丛蔷薇花，立定在他的糖担前，有些气喘吁吁地说。老人不紧不慢地回我："别处，也有人在等着买呢。"

祖上就是做灶糖的。这样的营生，他从十四岁做起，一做就做了五十多年。天生的残疾，断指，两只手加起来，只有四根半指头。却因灶糖成了亲，他的女人，就是因喜吃他做的灶糖，而嫁给他的。他们有个女儿，女儿不做灶糖，女儿做裁缝，女儿出嫁了。

"这灶糖啊，就快没了。"老人说，语气里倒不见得有多愁苦。

"以前怎么没见过你呢？"

"以前我在别处卖的。"

"哦，那是甜了别处的人了。"我这样一说，老人呵呵笑起来，他敲下两块灶糖给我。奶黄的月亮，缺了口。他又敲着铜锣往前去，当当，当当当。敲得人的心，蔷薇花朵般地，开了。

一日，我带了相机去拍蔷薇花。老人的糖担儿，刚好晃晃悠悠地过来了，我要求道："和这些花儿合个影吧。"老人一愣，笑看我，说："长这么大，除了拍身份照，还真没拍过照片呢。"他就那么挑着糖担子，站着，他的身后，满墙的花骨朵儿在欢笑。我拍好照，给他看相机屏幕上的他和蔷薇花。他看一眼，笑。复举起手上的棒槌，当当，当当当，这样敲着，慢慢走远了。我和一墙头的蔷薇花，目送着他。我想起南朝柳恽的《咏蔷薇》来："不摇香已乱，无风花自飞。"诗里的蔷薇花，我自轻盈我自香，随性自然，不奢望，不强求。人生最好的状态，也当如此罢。

佳句
精选

◇◇ 起先只是不起眼的一两朵，躲在绿叶间，素素妆，淡淡笑。

◇◇ 老人着靛蓝的衣，瘦小，皮肤黑，像从旧画里走出来的人。

◇◇ 不少人围过去买，男的女的，老的少的，有人买的是记忆，有人买的是稀奇，——这正宗的手工灶糖，少见了。

◇◇ 我自轻盈我自香，随性自然，不奢望，不强求。人生最好的状态，也当如此罢。

石缝里的 山百合

女友可莹，喜欢在脖子上挂一坠子。坠子是她特地定做的——一方岩石上，有花盛开，花红艳，像静静燃着的一星火苗。是朵山百合。

她自办的超市，连锁店已开到二十家。又遇见良人，那人疼惜她如疼惜自己的生命。她的好日子是锦上花，瓣瓣都开得饱满欢实。

曾经却不是这样。曾经她一度想自杀。那个时候，诸多烦恼，纷至沓来：先是下岗。后前夫出轨，卷走家里全部积蓄。疼爱她的母亲又重病过世。她的天空，在顷刻间崩塌。

　　她写好遗书，远去黄山。那个地方，一直是她向往的。与丈夫恩爱时，丈夫曾许诺，等有一天，他们赚足钱，他一定带她到黄山，在那里买幢房子，长住下来，每天陪她看日出看云海，听满山松涛声声，相伴到终老。她想到这些，心就痛得痉挛成一团。原来，神仙眷侣不是人人都做得的，男人的承诺，是写在水上的，算不得数的。

　　她计划好了，等登上黄山后，她要择一处风景绝好的地方，纵身跳下去，一了百了。

　　她一步一步爬上山去。从山顶望下去，她看到了令人叹为观止的黄山云海。那些棉花糖似的白云，一蓬一蓬涌上来，壮观得叫她窒息，又令她十分悲伤。尘世是这样的美好，而她，就要与它永别了。她忍不住回过头去，想最后再看一眼这个尘世。却在回头的刹那，一抹艳红，跳进她的眼里，不由分说地。那么夺目，那么遗世独立，又是欢呼雀跃的。那是开在石缝里的一朵山百合。

　　见过太多漂亮的花，长在花圃里的，或是装在精致的花盆里的，被人精心侍弄着。却从未曾像这朵让她震惊，周围寸草不生，只有它，独独的一枝，不知经历怎样的艰难困苦，一日一日，从石缝里，撑出半个身子来，骄傲地，开出了花。再壮观的云海松涛，也为之黯然失色。

她站在那朵山百合跟前，落了泪。

她活着回来了。回来后，她做的第一件事就是和丈夫离婚。紧接着，她开始找工作。她去饭店当过服务员，给人做过保姆，走街串巷收过废品，在街头摆过小摊，一点一点积攒，她终于盘下一家因经营不善而快倒闭的小商店。

她盘活了这家小商店，做出了自己的品牌，成了远近闻名的女企业家。她常出席一些大型的商业活动，每次，她总会被请到台上说两句，她最喜欢说的一句话是，只要好好活着，总有机会，重新来过。

佳句

精选

◇◇ 坠子是她特地定做的——一方岩石上，有花盛
开，花红艳，像静静燃着的一星火苗。

◇◇ 她的好日子是锦上花，瓣瓣都开得饱满欢实。

◇◇ 周围寸草不生，只有它，独独的一枝，不知经历
怎样的艰难困苦，一日一日，从石缝里，撑出半
个身子来，骄傲地，开出了花。再壮观的云海松
涛，也为之黯然失色。

◇◇ 只要好好活着，总有机会，重新来过。

不哭泣 | 仙人掌

　　童梦弟搬来我家隔壁住的时候，手里托着一盆仙人掌。

　　我家隔壁，是两间老式平房。门前铺着细细的条砖，砖缝里长草，也冒出一朵两朵的小黄花。原主人买了新房，搬走了，两间平房，做了出租用。

　　初秋的天，薄凉。雨飘得细细密密。砖缝里的小黄花，在雨里瑟瑟。童梦弟却穿着一条超短裙，裸露着修长的双腿。她跟着房主，一路走，一路笑，浑身洋溢着与初秋的雨，颇不协调的欢喜。那份欢喜，如同云罅中的光亮，晶莹剔透。让人的心，忍不住雀跃。

她住下后不久，就来拜访我，送我一盆仙人掌。"我妈说过，邻居好，赛金宝。"她笑，笑得灿若春花。唇红齿白，青春逼人。"姐姐，这个很好长的，你不用怎么理它，它也能长得很好。"她指着仙人掌对我说，并告诉我，她的老家，家家都长这个。哪里碰伤了，用它的汁搽搽就好了。

这便相识了。院门外遇见，她总是脆生生地跟我打招呼，一口一个姐地叫我。脸上，始终如一的，是花开般的笑容。

她做的工作，很杂，我在街上遇见过几次。一次她在路口散发传单，怀里抱着一大捧彩印的广告。一次在商场门口，临时搭建的舞台上，她又唱又跳的，为商场促销搞宣传。还有一次，我在路边的地摊上碰到她，她在吆喝着卖一些廉价的棉袜子。青春的脸上，挂一抹花开般的笑容。即使在满大街的芜杂之中，那笑容，也没有丢失掉一点点。

童梦弟说："我想攒多多的钱呢，我要攒钱寄给家里。我还要攒钱买房子，和我喜欢的人在一起，过一辈子。"这是童梦弟的理想生活，很寻常，亦很动人。这个时候，我们已经很熟了。我约她来我家里喝茶，新沏的茉莉花茶。她手里捧一团毛线过来，手指在棒针上，上上下下，上上下下，不停地编织。那是外贸加工的线衣，织一件，可换十五元的手工费。

听她说起她的老家贵州。深山老沟里，开门看到的全是石疙瘩。能见到土的地方，都被他们开垦出来，种上土豆，种上苞谷。她上面有一个姐姐，下面有三个妹妹。父母盼男孩，给她取名梦弟。她的妹妹分别叫盼弟、招弟、来弟。"名字很俗气，是吧？"她低了头问我，哧哧笑，"不过，我很喜欢，因为，这是我妈给取的。"她复又说。

她的姐姐在12岁上，得病没了。她成了家里最大的孩子，书只念到小学三年级，就回了家。她要带妹妹，要帮父母干活。尽管，她那么喜欢念书。

在她13岁那年，母亲得了一种奇怪的病，全身浮肿。家里没钱送母亲去大医院，两个月后，母亲走了。"要是我那时能挣钱，我妈就不会死了。"她说到这里，有些自责，脸上的笑容黯淡下来，好长时间没再言语。唯有十指，在棒针上上上下下，上上下下，舞得人眼花缭乱。

15岁，她跟了村里人出来打工。做过保姆，在饭店端过盘子，做过化妆品推销员。最穷困潦倒时，她捡过人家丢弃的食物吃，睡过桥洞。她辗转过不少城市，这让她骄傲。

"简直就是免费旅游呀。"她笑了,有些得意地晃了晃头。更让她骄傲的是,她挣的钱,不但养活了她的家人,而且还让妹妹们都有书读。现在,她最大的妹妹盼弟,已读大二了。"她成绩很好的,也能自己挣钱给自己花了。"日子苦尽甘来,童梦弟显得很知足。

童梦弟唯一的遗憾,是书读得少了。她梦想有一天,能读大学。她买了不少的书,自学。还买了钢笔字帖,练字。有次,她拿了她练的字来给我看,我看到上面写着一首拙朴的小诗,题为《仙人掌不哭泣》:

仙人掌不哭泣

因为泪水对它来说

十分十分珍贵

它要用它浇灌心灵

它要用它滋养身体

好使它卑微的生命

也能开出美丽的花朵

我好奇地问她:"谁的诗?"她不好意思地笑了,告诉

我，是她写的。我惊叹，我说童梦弟，你都可以成为诗人
了。她听了很开心，一再向我道谢，仿佛我给了她什么恩赐
似的。

这之后，每隔一两天，童梦弟会拿了她的新作来，给我
看。那些诗，虽稚嫩，却充满灵气，清新得如同乡村野地里
的小野菊。她羞涩地说，她正在学着投稿，等她挣到第一笔
稿费，一定请我吃饭。

有一段日子，我很少见到童梦弟。隔壁的门，整日整夜
地关着。要不是晾衣绳上，晾着一件她的黑裙子；要不是窗
台上，摆放着她长的两盆仙人掌，我会疑心，我的隔壁，根
本不曾有人来住过。

再见到童梦弟，秋已深了。平房前，砖缝里的小草和小
黄花们，都萎了。她来敲我的门，穿一件绛红色线衣，素妆
着，笑容恬淡，有点像邻家女孩。她问我有没有葱。她说：
"我想学做扬州炒饭呢。"她站在黄昏下，黄昏的金粉，洒
她一身。

我问她这些日子去了哪里。她只管抿了嘴笑，后来才告
诉我，她和一个人，回了她的老家一趟。

原来，她爱了。之前，她在另一个城，已有一份稳妥的

工作。某天，她遇到他。她放弃了好好的工作，从别的城，一路追奔到我们这里。只因为，他的家住在这里。

我给了她一把葱。不一会儿，她端一碗扬州炒饭来，请我尝。我尝一口，赞："味道真不错，像正宗的扬州炒饭呢。"她眼睛亮亮地看着我，欢喜地问："真的？"

她喜欢的那个人，是最爱吃扬州炒饭的。"他祖上是扬州的呢，他曾祖父，还在扬州做过官呢。"她说起他来，眉眼里，全是笑。

几天后，我看到一个男人，开始出入她的小屋。男人模样一般，举止倒也温厚。他帮童梦弟晒被子，在晾衣绳上，一遍一遍扑打上面的尘。童梦弟则去菜场，买回一堆菜，一头钻进厨房里，忙得油烟四溅。他们隔着一些尘和油烟说话，让人望得见最凡俗的幸福。

转眼，冬了。第一场冬雪降临，不过是在眨眼之间，树白了，屋子白了，路白了，整个世界，都白了。人仿佛，也是一个雪白的人了。我找出相机，去叫童梦弟出来一起拍雪景。门敲了许久，童梦弟才来开门，身上裹一件毛毯，凌乱着一头长发。

我一眼瞥见，她的眼窝底，有深深的泪痕。正诧异着准备询问，她的脸上早已换上笑容，花开一般的。她说：
"姐，你等我一下啊。"转身冲进房内，再出来，她已换了
装，上身套一件红色外套，脚上蹬一双红色雪地靴，脸上施
了薄粉，长长的头发，挽在脑后。人像一朵红梅了。

我是在一些天后才得知，那时，童梦弟已怀上男人的孩
子，而男人，却不能接受她了。男人的父母一直不同意男人
与她交往，尽管她做出种种努力。她给他父母织线衣，一件
一件，从上衣，织到毛裤。她去他家，小保姆似的，里里外
外忙着打扫。隔三岔五的，她会买了他父母爱吃的糕点，送
过去。她甚至托父亲，做了贵州特产——熏肉，打包寄过
来，让他父母品尝。他们还是不能接纳她，嫌她是外地的，
嫌她家穷，嫌她没文凭。男人在父母的安排下，去相亲，很
快与一本地女孩开始交往。她选择了放手，关在屋子里，独
自疗伤。自始至终，她都没有告诉男人，怀上孩子的事。

腊月底，空气中到处弥漫着一股甜蜜，家家户户都着手
准备过新年了。童梦弟来跟我告别，她把窗台上的两盆仙人
掌，捧过来送给我。她说她要去别的地方，不会再到这里来
了。她说有机会，她很想去读书，在漂亮的校园里漫步。她
说她会活得好好的，找到一个真正喜欢她的人，一起过一辈

子。她说这些时，脸上始终挂着花开般的笑容。

我问她："恨他吗？"她笑着摇摇头，说："不。就当是我不小心，碰伤了皮，用仙人掌的汁，搽搽就好了。"

新年过后，我隔壁那两间老式平房里，很快搬来新的租客，是一对做生姜生意的年轻夫妇。清晨，他们一起推了拖车，去卖生姜。晚上，他们一起拉着拖车回家，一起做饭，隔着一些尘和油烟，大着嗓门说笑。他们总使我想起童梦弟，她的理想生活，就是这样的。

暮春的一天，童梦弟送我的几盆仙人掌，在不知不觉中，开了花。花粉粉的，重瓣，像微笑着的人的脸。

**佳句
精选**

◇◇ 她跟着房主，一路走，一路笑，浑身洋溢着与初
  秋的雨，颇不协调的欢喜。那份欢喜，如同云罅
  中的光亮，晶莹剔透。让人的心，忍不住雀跃。

◇◇ 仙人掌不哭泣/因为泪水对它来说/十分十分珍贵

◇◇ 她站在黄昏下，黄昏的金粉，洒她一身。

◇◇ 暮春的一天，童梦弟送我的几盆仙人掌，在不知
  不觉中，开了花。花粉粉的，重瓣，像微笑着的
  人的脸。

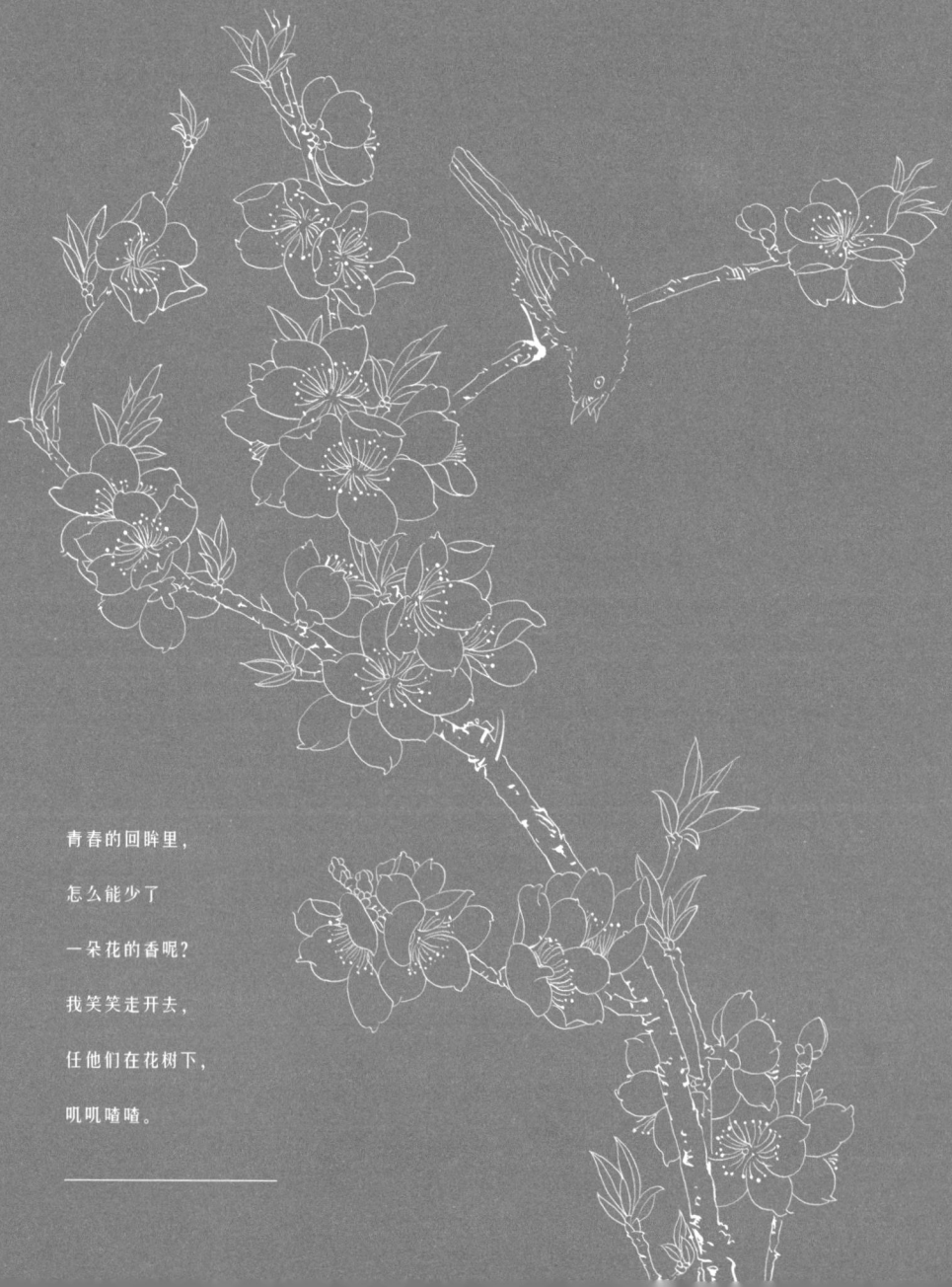

青春的回眸里，

怎么能少了

一朵花的香呢？

我笑笑走开去，

任他们在花树下，

叽叽喳喳。

相
见
欢

相
见
欢

　　花，真大，硕大。白缎子扎出来似的。人普遍称之广玉兰。它其实还有个别名，叫荷花玉兰。这叫法才真叫体己，把它的清新脱尘，活脱脱给叫出来了。它是开在树上的荷花。

　　一排，一排，路两侧，高大的树上，栖落着这样的花朵。密集的绿叶之中，它的白，愈发显得醇厚、浓郁，质感嫩滑，跟新鲜的奶油似的，让人有咬上一口的欲望。

　　五六月的天，小城的荷花玉兰，不吵不闹地开了，一朵接着一朵，总要开到七八月。花香顺着风飘，清清淡淡，清清淡淡。是出浴后的女子，怀着体香。因为多，人多视而不见，他们日日袭着花香走，却不知道感激谁。

花不在意。无人留意它，还有鸟儿呢。我看见一只翠鸟，飞进花树中，在绿叶白花间，蹦蹦跳跳，幸福地鸣叫。纵使没有鸟儿光顾，也还有蝴蝶呢，还有蜜蜂呢。哪怕只为一缕拂过的轻风，它的开放，也有了意义。

与它，不是初相识，而是再相逢。是十八九岁的年纪吧，我远在外地的一座城读书。校园里走着，不经意就能撞见这样一棵树，高大，枝繁叶茂。没课的时候，我喜欢躲在二楼的阅览室看书，拣了窗口坐。窗外，一棵荷花玉兰，枝叶蓬勃得都俯到窗台上来了。什么时候看着，它都是满树的绿油油，春光永驻的样子。

最喜花开时分。是鼻子先知道的。一缕一缕的香，从窗外飘进来，在薄薄的空气中浮动，空气变得酥软。与花朵打个照面，心里的欢喜，一蓬一蓬地开了。

陌生的男孩女孩搭讪，是从这花开始的。

咦，花开了？那一天，终日在一张台子后坐着、负责登记各类报刊的男孩，突然站到女孩跟前来，顺着女孩的目光，看向窗外的荷花玉兰说。

是啊，花开了，女孩答。低头，眼光落在书上面，有些慌乱。

我看你每次来，都借阅诗歌一类的书，你很爱诗？男孩问。

女孩的心跳得缤纷，原来，他一直注意她的。女孩惊喜地说，你也爱诗？

男孩点点头，不好意思地说，我有时，也胡乱涂一些的。

男孩是阅览室的收发员，来自偏僻乡下，家穷，母亲多病，他早早辍学。因了一远房表亲的关系（他的表亲在这所学校任职），他得以在此谋得一临时差事。

女孩不介意这些，她和他交流各自写的诗。薄薄的黄昏，暗香浮动。

也有过一两回漫步，两个人，在旁人诧异的目光中，沿着一排一排的荷花玉兰走。没话找话的时候，他，或者她会说，看，花又开了好几朵了。

于是，都仰头看花。男孩忽然说，真羡慕你们这些大学生啊。又忽然认真地看着女孩说，谢谢你，你没有看不起我。

女孩的心里，又甜蜜又悲伤，竟是说不出的。

也就要毕业了。女孩去找男孩道别，才得知，男孩早已辞去工作，走了。女孩看到男孩留下的诗：你有你的路要走/我有我的路要走/感谢相遇的刹那/你的温暖/陪我走过孤独。

经年之后，我每遇到荷花玉兰，就会想起这些来。男孩的样子早已模糊，却清晰地记得那一朵一朵的花，在我青春的枝头，静静绽放。

我现在任教的校园里，也植有大棵的荷花玉兰。午后清淡的闲暇里，几个孩子嬉闹着过来了，他们额上淡黄的绒毛下，望得见青嫩的血管在搏动。他们从一排花树下过，并不抬头看花。我忍不住喊住他们：

看，那些花。

花？哪里有？他们看看我，茫然四顾，终于在头顶上发现了大朵的荷花玉兰。他们惊叫起来，这么大的花啊！

青春的回眸里，怎么能少了一朵花的香呢？我笑笑走开去，任他们在花树下，叽叽喳喳。

佳句

精选

◇◇ 花，真大，硕大。白缎子扎出来似的。

◇◇ 它是开在树上的荷花。

◇◇ 哪怕只为一缕拂过的轻风，它的开放，也有了
意义。

◇◇ 窗外，一棵荷花玉兰，枝叶蓬勃得都俯到窗台上
来了。什么时候看着，它都是满树的绿油油，春
光永驻的样子。

◇◇ 青春的回眸里，怎么能少了一朵花的香呢？我笑
笑走开去，任他们在花树下，叽叽喳喳。

粉红色的信笺

忘不了我一伸手时，她脸上的惊慌。像只受惊的兔子，两只大眼睛无处转移了视线，扑愣愣地乱撞着。手攥得紧紧的，一抹潮红，像水滴在宣纸上，迅速洇满她青春的脸庞。

那是高考前夕，学生们都低头在自修，每颗脑袋像极饱满的向日葵，沉甸甸地低垂着，是丰收前的一种沉重。我在课桌间来回转着圈，不时解答一两个疑问。在这期间，她一直目不斜视地坐在座位上，快速地写着什么。她面前摊着课本，但我还是在那课本下轻易就发现了一张粉红色的信纸，纸上飘着点点梅花，雪花似的。她的字一个一个落到那上面，也如同盛开了的小花。我站她身后看了好一会儿，确信她写的东西完全与学习无关。所以，在她即将写完的时候，我含笑地向她伸出手去。"给我——"虽是温柔的低声的，却不容置疑。她愣怔半天，慢慢把手上的东西递过来。

教室里平静如常，没有学生注意到这边的这一幕。我没看纸上写的东西，而是把那张纸小心地折叠好，递还她。我笑说："青春的东西，要收收好。"她很意外，吃惊地看着我。我俯过头去，耳语般地对她说："老师也曾青春过，这也曾是老师的秘密。"然后直起身来，轻轻拍拍她的肩，对她笑了笑。她脸上的表情开始放松了，最后舒展成一个灿烂的笑。我对她点点头，我说："看书吧。"她听话地翻开课本，一脸的释然。

半年后，我收到一封从一所名牌大学寄来的信，是她写的。信纸是我见过的那种，粉红色的，上面飘着点点梅花，雪花似的。她在信中写道："老师，感谢你用最美丽的方式，保留了我青春的完整。当时我以为我完了，我不敢想象那后果，我以为接下来该是全班同学的嘲笑，该是校长找了谈话，该是家长到学校来。真的那样之后，我还能抬起头来吗？我不敢想象我能否心态正常地参加高考。"最后她写道："老师，谢谢你，给了我一个台阶，一个最堂皇的理由。"

　　青春的岁月里，原是少不了一些台阶的，你得用理解、用宽容、用真诚去砌，一级一级，都是成长的阶梯。

佳句 精选

◇◇ 忘不了我一伸手时，她脸上的惊慌。像只受惊的兔子，两只大眼睛无处转移了视线，扑愣愣地乱撞着。

◇◇ 每颗脑袋像极饱满的向日葵，沉甸甸地低垂着，是丰收前的一种沉重。

◇◇ 青春的岁月里，原是少不了一些台阶的，你得用理解、用宽容、用真诚去砌，一级一级，都是成长的阶梯。

化雪 | 掌心

那个时候，她家里真穷，父亲因病离世，母亲下岗，一个家，风雨飘摇。

大冬天里，雪花飘得紧密。她很想要一件暖和的羽绒服，把自己裹在里面。可是看看母亲愁苦的脸，她把这个欲望压进肚子里。她穿着已洗得单薄的旧棉衣去上学，一路上冻得瑟瑟。她想起安徒生的童话《卖火柴的小女孩》，她想，若是她也有一把可供燃烧的火柴，该多好啊——她实在太冷了。

拐过校园那棵粗大的梧桐树，一树银花，映着一个琼楼玉宇的世界。她呆呆站着看，世界是美好的，寒冷却钻肌入骨。突然，年轻的语文老师迎面而来，看到她，微微一愣，问："这么冷的天，你怎么穿得这么少？瞧，你的嘴唇，都冻得发紫了。"

她慌张地答："不冷。"转身落荒而逃，逃离的身影，歪歪扭扭。她是个自尊的孩子，她实在怕人窥见她衣服背后的贫穷。

语文课，她拿出课本来，准备做笔记。语文老师突然宣布："这节课我们来个景物描写竞赛，就写外面的雪。有丰厚的奖品等着你们哦。"

教室里炸了锅，同学们兴奋得叽叽喳喳，奖品刺激着大家的神经，私下猜测，会是什么呢？

很快，同学们都写好了，每个人都穷尽自己的好词好语。她也写了，却写得索然，她写道："雪是美的，也是冷的。"她没想过得奖，她认为那是很遥远的事，因为她的成绩一直不引人注目。加上家境贫寒，她有多自尊，就有多自卑，她把自己封闭成孤立的世界。

改天，作文发下来，她意外地看到，语文老师在她的作文后面批了一句话："雪在掌心，会悄悄融化成暖暖的水的。"这话带着温度，让她为之一暖。令她更为惊讶的是，竞赛中，她竟得了一等奖。一等奖仅仅一个，后面有两个二等奖，三个三等奖。

奖品搬上讲台，一等奖的奖品是漂亮的帽子和围巾，还有一双厚厚的棉手套。二等奖的奖品是围巾，三等奖的奖品是手套。

在热烈的掌声中，她绯红着脸，从语文老师手里领取了她的奖品。她觉得心中某个角落的雪，静悄悄地融化了，湿润润的，暖了心。那个冬天，她戴着那顶帽子，裹着那条大围巾，戴着那副棉手套，严寒再也没有侵袭过她。她安然地度过了一个冬天，一直到春暖花开。

后来，她读大学了。她毕业工作了。她有了足够的钱，可以宽裕地享受生活。朋友们邀她去旅游，她不去，却一次一次往福利院跑，带了礼物去。她不像别的人，到了那里，把礼物丢下就完事，而是把孩子们召集起来，温柔地对孩子们说："来，宝贝们，我们来做个游戏。"

她的游戏，花样百出，有时猜谜语，有时背唐诗，有时算算术，有时捉迷藏。在游戏中胜出的孩子，会得到她的奖品——衣服、鞋子、书本等，都是孩子们正需要的。她让他们感到，那不是施舍，而是他们应得的奖励。温暖便如掌心化雪，悄悄融入孩子们卑微的心灵。

佳句
精选

◇◇ 雪在掌心，会悄悄融化成暖暖的水的。

◇◇ 她让他们感到，那不是施舍，而是他们应得的奖励。温暖便如掌心化雪，悄悄融入孩子们卑微的心灵。

黄裙子，绿帕子

十五年前的学生搞同学聚会，邀请了当年的老师去，我也是被邀请的老师之一。

十五年，花开过十五季，又落过十五季。迎来送往的，我几乎忘掉了他们所有人，然在他们的记忆里，却有着我鲜活的一页。

他们说，老师，你那时好年轻呀，顶喜欢穿长裙。我们记得你有一条鹅黄的裙子，真正是靓极了。

他们说，老师，我们那时最盼上你的课，最喜欢看到你。你不像别的老师那么正统威严，你的黄裙子特别，你走路特别，你讲课特别，你爱笑，又可爱又漂亮。

他们说，老师，当年，你还教过我们唱歌呢，满眼的灰色之中，你是唯一的亮色，简直是光芒四射啊。

他们后来再形容我，用得最多的词居然都是：光芒四射。

我听得汗流浃背，是绝对意外的那种吃惊和惶恐。可他们一脸真诚，一个个拥到我身边，争相跟我说着当年事，完全不像开玩笑的。

回家，我迫不及待翻找出十五年前的照片。照片上，就一普通的女孩子，圆脸，短发，还稍稍有点胖。可是，她脸上的笑容，却似青荷上的露珠，又似星月朗照，那么的透明和纯净。

一个人有没有魅力，原不在于容貌，更多的，是缘于她内心所散发出的好意。倘若她内心装着善与真，那么，呈现在她脸上的色彩，必然叫人如沐暖阳如吹煦风，真实、亲切，活力迸发。这样的她，是迷人的。

我记忆里也有这样的一个人。小学六年级，学期中途，她突然来代我们的课，教数学。我们那时是顶头疼数学的，原先教我们数学的老师是个中年男人，面上整天不见一丝笑容，即使外面刮再大的风，他也是水波不现，严肃得像件老古董。

她来，却让我们都爱上了上数学课。她十八九岁，个子中等，皮肤黑里透红，长发在脑后用一条绿色的帕子，松松地绾了。像极田埂边的一朵小野花，天地阔大，她就那么很随意地开着。她走路是连蹦带跳的，跟只欢快的鸟儿似的。第一次登上讲台，她脸红，半天说不出话来，只轻咬住嘴唇，望着我们笑。那样子，活脱脱像个邻家大姐姐，全无半点老师的威严感。我们一下子喜欢上她，新奇有，更多的，却是觉得亲近和亲切。

记不得她的课上得怎样了，只记得，每到要上数学课，我们早早就在桌上摆好数学书，脖子伸得老长，朝着窗外看，盼着她早点来。我们爱上她脸上的笑容，爱上她的一蹦一跳，爱上她脑后的绿帕子。她多像一个春天啊，在我们年少的心里，茸茸地种出一片绿来。

她偶尔也惩罚不听话的孩子，却从不喝骂，只伸出食指和中指，在那孩子头上轻轻一弹，轻咬住嘴唇，看着那孩子笑道，你好调皮呀。那被她手指弹中的孩子，脸上就红上一红，也跟着不好意思地笑。于是，我们便都笑起来。我们的作业若完成得好，她会奖励我们，做游戏，或是唱歌——这些，又都是我们顶喜欢的。在她的课堂上，便常常掌声不断，欢笑声四起，真是好快乐的。

然学期未曾结束，却又换回原来严肃的男老师，她得走了。她走时，我们中好多孩子都哭了。她也伏在课桌上哭，哭得双眼通红。但到底，还是走了。我们都跟去大门口相送，恋恋不舍。我们看着她和她脑后的绿帕子，一点一点走远，直至完全消失不见。天地真静哪，我们感到了悲伤。那悲伤，好些天，都不曾散去。

佳句
精选

◇◇ 她脸上的笑容，却似青荷上的露珠，又似星月朗
照，那么的透明和纯净。

◇◇ 一个人有没有魅力，原不在于容貌，更多的，是
缘于她内心所散发出的好意。

◇◇ 她多像一个春天啊，在我们年少的心里，茸茸地
种出一片绿来。

你并不是个坏孩子

　　一个自称叫陈小卫的人打电话给我，电话那头，他满怀激动地说："丁老师，我终于找到你了。"

　　他说他是我十年前的学生。我脑子迅速翻转着，十来年的教学生涯，我换过几所学校，教过无数的学生，实在记不起这个叫陈小卫的学生来。

　　他提醒我："记得吗？那年你教我们初三，你穿红格子风衣，刚分配到我们学校不久。"

　　印象里，我是有一件红格子风衣的。那是青春好时光，我穿着它，蹦跳着走进一群孩子中间，微笑着对他们说：

"以后，我就是你们的老师了。"我看到孩子们的脸仰向我，饱满、热情，如阳光下的葵。

"我当时就坐在教室最北边的一排啊，靠近窗口的，很调皮的那一个，经常打架，曾因打破一块窗玻璃，被你找到办公室谈话的。老师，你想起来没有？"他继续提醒我。

"是你啊！"我笑。记忆里，浮现出一个男孩子的身影来，隐约着，模糊着。他个子不高，眼睛总是半睨着看人，一副桀骜不驯的样子。经常迟到，作业不交，打架，甚至还偷偷学会抽烟。刚接他们班时，前任班主任特意对我着重谈了他的情况：父母早亡，跟着姨妈过，姨妈家孩子多，只能勉强管他吃穿。所以少教养，调皮捣蛋，无所不为。所有的老师一提到他，都头疼不已。

"老师，你记得那次玻璃事件吗？"他在电话里问。

当然记得。那时我接手他们班才一个星期，他就惹出一件事来：与同桌打架，打破窗玻璃，碎玻璃划破他的手，鲜血直流。

"你把我找去，我以为，你也和其他老师一样，会把我痛骂一顿，然后勒令我写检查，把我姨妈找来，赔玻璃。但你没有，你把我找去，先送我去医务室包扎伤口，还问我疼不疼。后来，你找我谈话，笑眯眯地看着我说，以后不要再打架了，你打了人，也会让自己受伤的对不对？那块玻璃你也没要我赔，是你掏钱买了一块重安上的。"他沉浸在回忆里。

我有些恍惚，旧日时光，飞花一般。隔了岁月的河流望过去，昔日的琐碎，都成了可爱。他突然说："老师，你做的这些，我很感动，但真正震撼我的，却是你当时说的一句话。"

这令我惊奇。他让我猜是哪句话，我猜不出。

他开心地在电话那头笑，说："老师，你对我说的是，你并不是个坏孩子哦。"

就这么简单的一句话，却让他记住了十来年。他说他现在也是一所学校的老师，他也常找调皮的孩子谈话，然后笑着轻拍一下他们的头，对他们说一句："你并不是个坏孩子哦。"

一句话，对于说的人来说，或许如行云掠过。但对于听的人来说，有时，却能温暖其一生。

相见欢

佳句
精选

◇◇ 旧日时光，飞花一般。隔了岁月的河流望过去，
　　昔日的琐碎，都成了可爱。

◇◇ 一句话，对于说的人来说，或许如行云掠过。但
　　对于听的人来说，有时，却能温暖其一生。

天上有

云姓白

他不是我们的正式老师，不过是个高中毕业生。

那时，我们初中快毕业了，教我们的英语老师突然生了病，没有老师能顶上这个缺，于是他来了，跛着一条腿。

据说他是校长的亲戚。不然凭他一个高中毕业生，怎么能来代我们的课？他来代课总有好处的，有不菲的代课费。这是消息灵通的同学说的。

他第一天来给我们上课，在我们的灼灼目光中，他一跛一跛的，费了好大的劲，才迈上讲台，有学生在底下终于憋不住，"扑"一声笑出来。这一笑，让他"腾"地红了脸，他窘迫得不敢直视我们，低着头，对着讲台上一摞作业本，半天才憋出一句话来："同学们好，天上有云姓白，我的名字叫白云。"

自此后，有学生远远看见他，就"白云""白云"地叫开了。等他答应一声，回转过身来，殷殷地问："什么事啊？"那叫着的学生会"啊"一声，抬头指着天说："我看天上的白云呢。"他并不恼，呵呵笑一声，也陪着那个同学仰头看天。

他的课备得极认真，书上密密麻麻全是红笔注的补充。只是那时我们不懂事，并不知他的努力和辛劳，私下里是有些瞧他不起的，认为他不过是个代课的。所以课总不好好上，不时打岔，跟他耍贫嘴，甚至有同学在底下吹口哨。每每这时，他总是涨红了脸，站在讲台前，一动不动地看着我们，等我们闹够了，他可怜巴巴地问："现在我们开始上课好吗？"然后弯腰跟我们连连道歉："对不起，对不起，都怪我课讲得不好，让你们没兴趣听。"教室里突然安静下来，窗外有风吹过。那一瞬，我们有些无地自容。再上课，都听话起来，乖巧起来。他很高兴，课上完了，他说："我要奖励你们。"我们都以为他是说着玩的，再来上课，却见他提来一袋子糖——他自个儿掏钱买的，给我们一人发两块。

他喜欢扎在学生堆里聊天。有学生好奇地问："你腿咋的啦？"他并不避讳，也不生气，自自然然地说："小儿麻痹症落下的。"又说起他很想读大学，但家里穷，弟妹多，上大学成了遥不可及的梦想。"所以呀，你们要珍惜呀，珍惜这样的好时光。"他变得像长者。

一个月后，我们的英语老师病好了来上班，他得走了。这时，班上发生了一件大事，一个成绩很好的女生，父亲突然暴病身亡，女生的家一下子塌了，女生提出退学。他知道后，很着急，跛着一条腿，走了十来里的乡间路，到女生家里去。女生的寡母领着五个孩子，齐齐跪倒在他跟前。他的心一下子揪紧了，他说："我会帮你们的。"他掏出身上所有的钱，又许诺，女生以后上学的钱，他会帮衬着。"一定要让她读高中、读大学，她有这个潜力。"他再三恳求，直到女生的母亲答应为止。

我们毕业前夕，他到学校来看我们，来看那个女生。他瘦了，精神却出奇的好。他说："你们要好好读书啊，我很想你们。"这一句话，惹哭了我们许多人。

在我高中快毕业的时候，却听说他染上白血病，不久便走了。当年他教的学生，因分散在四面八方，竟没有一人能见上面。他资助过的那个女生，一说起他，就哭得不能自已。

很多年过去了，当年的同学每遇见，必谈到他。末了大家会叹一声："他是个好人哪。"天上每天都有白云飘过，不知有没有一朵云上有他。

佳句
精选

◇◇ 教室里突然安静下来，窗外有风吹过。那一瞬，我们有些无地自容。

◇◇ 天上每天都有白云飘过，不知有没有一朵云上有他。

眼泪的力量

多年未见的初中同学，意外相遇，笑望中，多少岁月，都飘成过往。昔日那个蹦蹦跳跳的少年呢？淡黄的底片上，影像模糊。却清楚地记得，有那样一位李姓老师，身上散发出慈悲的光芒。

教我们那年，他已经很老很老了。满头银丝，戴副金边眼镜。镜片透明，可以清晰地看见镜片后他那双眼睛，小小的，一条缝儿似的。或许不是小，而是他看人时总是眯着双眼，说话语气温和，慈祥得很。偏远中学，那些年缺教师缺得厉害，已退休的他，便一年一年留了下来。

他第一次进课堂，一群年少轻狂的孩子，就试出他是好欺负的。讲台前横七竖八地躺着笤帚、簸箕，都是我们这群孩子干的——打闹玩斗，这是少不了的工具。其他老师进来看到这场景，一定大为恼火，而后我们中的某个同学，或某几个同学，便会灰溜溜地上去把"战场"收拾好。课后，还得认真写一份检查，在班上朗读，朗读完了，贴到教室的墙上。严重的还得找了那孩子的父母来，一顿更严厉的惩罚是免不了的。

他没有这样做，而是笑眯眯看着我们，温和地说："你们这些捣蛋鬼啊。"他弯腰收拾好散落一地的东西，并顺便把前排学生掉在地上的作业本捡起来，拍去上面的尘土，给那孩子在桌上摆放好。他转身看黑板，黑板上全是我们的涂鸦，展现出一片杂草丛生的荒野。我们以为他就要发火了，却没有，他依然笑眯眯的，认真地评价哪幅画画得不错，哪幅画画得不好，然后拿了黑板擦擦掉，一边吩咐我们朗读课文。我们读得如同鸭叫，他却听得很陶醉，从讲台上走下来，在教室里来回走，眯缝着眼，把我们一一亲切地看过。

再上他的课，我们胆大起来，公然拿了课外书放桌上看。说话的，唱歌的，都有。课堂如同开茶馆。他手足无措站在讲台前，请求般地说："孩子们，可以安静一会儿吗？"这话听得人心里柔软，纵使我们再年少轻狂，也因了这句话，怔一怔，教室里有片刻安静。这个时候，我们听到他开始解读课文，一个句子，被他重复念了好几遍。他捧着书的样子也可笑，明明戴着眼镜啊，却偏把书捧至鼻翼处，看上去，不是在读书，而是在闻书。这样的课，自是没有生动处，刚刚安静的教室又喧闹起来了。

我们的班主任却与他相反，是个血气方刚的年轻人，班上最调皮的男生都怕他。班主任每次遇到李姓老师，都会谦恭地叫声李老师好，而后关照："班上有谁不听话，你告诉我就行了。"他每次都摇头，笑着说："孩子们听话着呢。"这话被我们听到，到班上学说，引起一阵哄笑。轮到他上课时，我们变得更是有恃无恐了。

又一次上他的课，有两个学生，在课堂下斗嘴，斗着斗着，竟动起手来。教室里很快乱成一锅沸腾的粥。他走过去拉，脸都急红了。混乱中谁听他的？他突然挤到两个动手的学生中间，眼泪从镜片后流下来。他说："你们要打，就打我吧。"

所有的喧闹，一下子沉静下来，空气凝固了。那坠于他腮边的泪，一滴一滴，滴在我们年少的心上。从此，再没有学生在他的课上调皮捣蛋。那一滴一滴晶莹的泪水，教会了我们什么叫善良什么叫仁爱。

佳句
精选

◇◇ 笑望中，多少岁月，都飘成过往。昔日那个蹦蹦跳跳的少年呢？淡黄的底片上，影像模糊。

◇◇ 那坠于他腮边的泪，一滴一滴，滴在我们年少的心上。从此，再没有学生在他的课上调皮捣蛋。那一滴一滴晶莹的泪水，教会了我们什么叫善良什么叫仁爱。

遇见你
的纯真
岁月

他是第一个分配到我们乡下学校来的大学生。

他着格子衬衫，穿尖头皮鞋，操一口流利的普通话，这令我们着迷。更让我们着迷的是，他有一双小鹿似的眼睛，清澈、温暖。

两排平房，青砖红瓦，那是我们的教室。他跟着校长，绕着两排平房走，边走边跳着去够路旁柳树上的树枝。附近人家养的鸡，跑到校园来觅食了，他看到鸡，竟兴奋得张开双臂，扑过去，边扑嘴里边惊喜地叫："啊啊，大花鸡！"惹得我们笑弯了腰，有同学老气横秋地点头说："我们老师，像个孩子。"

他真的做了我们的老师，教我们语文。第一天上课，他站讲台上半天没说话，拿他小鹿似的眼睛，看我们。我们也仰了头对着他看，彼此笑眯眯的。后来，他一脸深情地说："你们长得真可爱，真的。我愿意做你们的朋友，共同来把语文学好，你们一定要当我是朋友哦。"他的这个开场白，一下子拉近了他与我们的距离，全班学生的热血，在那一刻沸腾起来。

他的课，上得丰富多彩。一个个汉字，在他嘴里，都成了妙不可言的音符。我们入迷地听他解读课文，争相回答他提的问题。不管我们如何作答，他一律微笑着说："真聪明，老师咋没想到这么答呢？"有时我们回答得太离谱了，他也佯装要惩罚我们，结果是，罚我们唱歌给他听。于是教室里的欢笑声，一浪高过一浪。那时上语文课，在我们，是期盼，是幸福，是享受。

他还引导我们阅读。当时乡下学校，课外书极其匮乏，他就用自己的工资，给我们买回很多的书，诸如《红楼梦》《钢铁是怎样炼成的》《红与黑》之类的。他说："只有不停地阅读，人才能走到更广阔的天地去。"我至今还保留着良好的阅读习惯，应该是那个时候养成的。

春天的时候，他领我们去看桃花。他说："大自然是用来欣赏的，不欣赏，是一种极大的浪费，而浪费是可耻的。"我们"哄"一声笑开了，跟着他蹦蹦跳跳走进大自然。花树下，他和我们站在一起，笑得面若桃花。他说："永远这样，多好啊。"周围的农人，都看稀奇似的，停下来看我们。我们成了风景，这让我们倍感骄傲。

我们爱他的方式，很简单，却倾尽我们所能：掐一把野地里的花儿，插进他办公桌的玻璃瓶里；送上自家烙的饼、自家包的粽子，悄悄放在他的宿舍门口。他总是笑问："谁又做好事了？谁？"我们摇头，佯装不知，昂向他的，是一张张葵花般的笑脸。

我们念初二的时候，他生了一场病，回城养病，一走两个星期。真想他呀，班上的女生，守在校门口，频频西望——那是他回家的方向。被人发现了，却假装说，啊，我们在看太阳落山呢。

是啊，太阳又落山了，他还没有回来。心里的失望，一波又一波的。那些日子，我们的课，上得无精打采。

他病好后回来，讲台上堆满了送他的礼物，野花自不必说，一束又一束的。还有我们舍不得吃的糖果，和自制的贺卡。他也给我们带了礼物，一人一块巧克力。他说："城里的孩子，都兴吃这个。"说这话时，他的眼睛湿湿的。我们的眼睛，也跟着湿了。

他的母亲，却千方百计把他往城里调。他是家里独子，拗不过母亲。他说："你们要好好学习，将来，我们会有重逢的那一天的。"他走的时候，全班同学哭得很伤心。他也哭了。

多年后，遇见他，他早已不做老师了，眼神已不复清澈。提起当年的学生，却如数家珍般的，一个一个，都记得。清清楚楚着，一如我们清楚地记得他当年的模样。那是他和我们的纯真岁月，彼此用心相爱，所以，刻骨铭心。

佳句

精选

◇◇ 只有不停地阅读，人才能走到更广阔的天地去。

◇◇ 大自然是用来欣赏的，不欣赏，是一种极大的浪
费，而浪费是可耻的。

◇◇ 花树下，他和我们站在一起，笑得面若桃花。

◇◇ 那是他和我们的纯真岁月，彼此用心相爱，所
以，刻骨铭心。

幽幽
七里香

　　三层小楼，粉墙黛瓦，阅览室设在二层。靠楼梯的一面墙上，满满当当的，摆的全是书。朝南的窗户外面，植着七里香。人坐在室内看书，总有花香飘进来，深深浅浅，缠绵不绝。

　　这是当年我念大学时，学校的阅览室。对于像我那样痴迷读书，而又无钱买书的穷学生来说，这间免费开放的阅览室，无疑是上帝恩赐的一座宝藏。在那里，我如饥似渴，阅读了大量的中外文学书籍。也是在那里，我初次接触到《诗经》，立马被那些好听的"歌谣"迷上。野外总是天高地阔的，我一会儿化身为那只在河之洲的雎鸠，一会儿又变身为采葛的女子，岁月绵远，天地皆好。

其实那时，我心卑微。我来自贫困的乡下，无家世可炫耀，又不貌美，穿衣简朴，囊中时常羞涩。在一群光华灼灼的城里同学跟前，我觉得自己真是又渺小又丑陋。

读书却使我的内心，慢慢儿地，变得丰盈。那真是一段妙不可言的光阴，每日黄昏，一下了课，我匆匆跑回宿舍，胡乱塞点食物当晚饭，就直奔阅览室而去。看管阅览室的管理员，是个三十多岁的年轻人，个高，肤黑，表情严肃。他一见我跑去，就把我看的《诗经》取出来，交我手上，把我的借书卡拿去，插到书架上。这一连串的动作，跟上了发条似的，机械连贯，滴水不漏。我起初还对他说声谢谢的，但看他反应冷淡，后来，我连"谢谢"两字也免了，只管捧了书去读。

读着读着，我贪心了，我想把它据为己有。无钱购买，我就采取了最笨的也是最原始的办法——抄写。一本《诗经》连同它的解析，我一字不落地抄着，常常抄着抄着，就忘了时间。年轻的管理员站我身边许久，我也没发觉，直到他不耐烦地伸出两指，在桌上轻叩，"该走了，要关门了。"语调冷冷的。我才吃一惊，抬头，阅览室的人已走光，夜已深。

我不好意思地笑笑，归还了书。窗外七里香的花香，蛇样游走，带着露水的清凉。我心情愉悦，摸黑蹦跳着下楼，才走两级楼梯，身后突然传来管理员的声音："慢点走，楼梯口黑。"依旧是冷冷的语调，我却听出了温度。我站在黑地里，独自微笑很久。

那些日子，我就那样浸透在《诗经》里，忘了忧伤，忘了惆怅，忘了自卑，我蓬勃如水边的荇菜、野地里的卷耳和蔓草。也没想过自己到底为什么要迷恋，也没想过自己日后会走上写作的路，只是单纯地迷恋着、挚爱着，无关其他。

很快，我要毕业了。突然收到一份礼物，是一本《诗集传楚辞章句》，岳麓书社出版的，定价七块六毛。厚厚的一本。扉页上写着：赠给丁小姐，一个爱读书的好姑娘。下面没有落款。

我不知道是谁寄的。我猜过是阅览室那个年轻的管理员。我再去借书，探询似的看他，他却无异常，仍是一副冰冰冷的样子，表情严肃。我又怀疑过经常坐我旁边读书的男生和女生，或许是他，或许是她。他们却埋首在书里面，无波，亦无浪。窗外的七里香，兀自幽幽地，吐着芬芳。

　　我最终没有相问。这份特殊的礼物，被我带回了故乡。后来，又随我进城，摆到了我的办公桌上。我结婚后，数次搬家，东迁西走，丢了很多东西，但它却一直都在。每当我的眼光抚过它时，我知道，这世界哪怕再叫人失望，也有一种叫美好的东西，在暗地里生长。

佳句
精选

◇◇ 人坐在室内看书，总有花香飘进来，深深浅浅，缠绵不绝。

◇◇ 窗外七里香的花香，蛇样游走，带着露水的清凉。

◇◇ 这世界哪怕再叫人失望，也有一种叫美好的东西，在暗地里生长。

孩子和秋风

　　我和几个孩子站在一片园子里，感受秋天的风。园子里长几棵高大的梧桐树，我们的脚底下，铺一层厚厚的梧桐叶。叶枯黄，脚踩在上面，嘎吱嘎吱，脆响。风还在一个劲儿地刮，吹打着树上可怜的几片叶子，那上面，就快成光秃秃的了。

　　我给孩子们上写作课，让孩子们描摹这秋天的风。以为他们一定会说寒冷、残酷和荒凉之类的，结果却出乎我的意料。

　　一个孩子说，秋天的风，像把大剪刀，它剪呀剪的，就把树上的叶子全剪光了。

我赞许了这个比喻。有二月春风似剪刀之说，秋天的风，何尝不是一把剪刀呢？只不过，它剪出来的不是花红叶绿，而是败柳残荷。

剪完了，它让阳光来住，这个孩子突然接着说一句。他仰向我的小脸，被风吹着，像只通红的小苹果。我怔住，抬头看树，那上面，果真的，爬满阳光啊，每根枝条上都是。失与得，从来都是如此均衡，树在失去叶子的同时，却承接了满树的阳光。

一个孩子说，秋天的风，像个魔术师，它会变出好多好吃的，菱角呀，花生呀，苹果呀，葡萄呀。还有桂花，可以做桂花糕。我昨天吃了桂花糕，妈妈说，是风变出来的。

我笑了。小可爱，经你这么一说，秋天的风，还真是香的。我和孩子们一起嗅，似乎就闻见了风的味道，像块蒸得热气腾腾的桂花糕。

一个孩子说，秋天的风，像个调皮的娃娃，他把树上的叶子，扯得东一片西一片的，那是在跟大树闹着玩呢。

哦，原来如此。秋天的风一路呼啸而下，原是藏着笑的，它是活泼的、热闹的，是在逗着我们玩的。孩子们伸出小手，跟风相握，他们把童年的笑声，丢在风里。

走出园子，风继续在刮。院墙边一丛黄菊花，开得肆意流畅，一朵一朵，像新剥开的橘子瓣似的，瓣瓣舒展，颜色浓烈饱满。一个孩子跳过去，弯下腰嗅，突然快乐地冲我说，老师，我知道秋天的风还像什么了。

像什么呢？我微笑地看她。她的小脸蛋，真像一朵小菊花。

秋天的风，像一个小仙女，她走到菊花旁，轻轻吹一口气，菊花就开了。这个孩子被自己的想象激动着，脸上泗着兴奋的红晕。

我简直感动了。可不是，秋天的风，多像一个小仙女啊！她走到田野边，轻轻吹一口气，满田的稻子就黄了。她走到果园边，轻轻吹一口气，满树的果实就熟了，橙黄橘绿。有小红灯笼似的柿子，还有青中带红的大枣，和胖娃娃一样的石榴。她走到旷野边，轻轻吹一口气，一地的草便都睡去了，做着柔软的金黄的梦。小野花们还在开着，星星点点，红的、白的、紫的，朵朵灿烂。在秋风里，在越来越高远澄清的天空下。

孩子有本心，即便是肃杀的秋风，他们也给它镶上童话的金边，从中窥见生命的可亲和可爱。

佳句
精选

◇◇ 失与得，从来都是如此均衡，树在失去叶子的同时，却承接了满树的阳光。

◇◇ 孩子们伸出小手，跟风相握，他们把童年的笑声，丢在风里。

◇◇ 院墙边一丛黄菊花，开得肆意流畅，一朵一朵，像新剥开的橘子瓣似的，瓣瓣舒展，颜色浓烈饱满。

◇◇ 孩子有本心，即便是肃杀的秋风，他们也给它镶上童话的金边，从中窥见生命的可亲和可爱。

图书在版编目（CIP）数据

相见欢 / 丁立梅著 . — 北京： 东方出版社，2021.4
（丁立梅散文精选集）
ISBN 978-7-5207-1900-1

Ⅰ．①相…　Ⅱ．①丁…　Ⅲ．①散文集－中国－当代　Ⅳ．① I267

中国版本图书馆 CIP 数据核字（2020）第 253793 号

丁立梅散文精选集：相见欢
（DINGLIMEI SANWEN JINGXUANJI:XIANGJIANHUAN）

作　　者：丁立梅
策 划 人：王莉莉
责任编辑：张　旭　张彦君
产品经理：张　伟
出　　版：东方出版社
发　　行：人民东方出版传媒有限公司
地　　址：北京市西城区北三环中路 6 号
邮　　编：100120
印　　刷：鸿博昊天科技有限公司
版　　次：2021 年 4 月第 1 版
印　　次：2022 年 2 月第 2 次印刷
印　　数：10001—20000 册
开　　本：880 毫米 × 1230 毫米 1/32
印　　张：8
字　　数：240 千字
书　　号：ISBN 978-7-5207-1900-1
定　　价：40.00 元
发行电话：（010）85924663　85924644　85924641

版权所有，违者必究
如有印装质量问题，我社负责调换，请拨打电话：（010）85924728

相
见
欢